Diogenes Taschenbuch 24017

Jakob Arjouni
Der heilige Eddy
Roman

Diogenes

Die Erstausgabe
erschien 2009 im Diogenes Verlag
Umschlagfoto von Ron Chapple (Ausschnitt)
Copyright © Ron Chapple/
Corbis/Specter

Für Elsa und Emil

Veröffentlicht als Diogenes Taschenbuch, 2010
Alle Rechte vorbehalten
Copyright © 2009
Diogenes Verlag AG Zürich
www.diogenes.ch
250/10/8/1
ISBN 978 3 257 24017 7

Inhalt

Deger- oder Dregerlein 7
Der Idiot 29
Hotte 39
Arkadi 59
Das Hütchenspiel 78
Der Volksheld 102
Romy 136
Killer Sex 181
Die Giftschwuchtel 199
Der heilige Eddy 219
Der wunderbarste Duft der Welt 230

Deger- oder Dregerlein

»Darf ich Ihnen mal ein Kompliment machen…«

Herr Deger- oder Dregerlein, Eddy konnte sich den Namen einfach nicht merken, warf einen kurzen Blick auf die wenigen verbliebenen Gäste, ob ihm auch keiner zuhörte, ehe er sich über den Teller mit leeren Austern- und Krabbenschalen beugte und mit gesenkter Stimme sagte: »Ich komme jetzt schon zum dritten Mal zur ›Combär‹ nach Berlin, aber ehrlich gesagt, Sie sind der erste wirklich nette Mensch, den ich hier treffe.«

»Na ja, genau genommen und im wahrsten Sinne des Wortes habe ja ich Sie getroffen.« Eddy lächelte verlegen, und Herr Deger- oder Dregerlein lehnte sich herzlich lachend in den Stuhl zurück.

»Na, da haben Sie natürlich recht! So ein dummer Unfall aber auch! Wie in einem dieser Filme, nicht wahr? Auf einer Banane!«

In Wahrheit war Eddy fast zwei Stunden im

neuen Hauptbahnhof herumgeschlendert, ehe er glaubte, mit Deger- oder Dregerlein endlich den idealen Mann gefunden zu haben: um die fünfzig, gemütlicher Typ, ordentliche Kleidung, der dunkelblaue Cashmere-Mantel ungefähr in Eddys Größe, gutmütiges, offenes Gesicht, gerade angekommen und sichtlich orientierungslos zwischen hastenden Reisenden und einem Wald aus Wegweisern, Anzeigetafeln, blinkenden Reklamen und Leuchtschriften. Er war am Fuß der Rolltreppe stehengeblieben, die ihn vom Ankunftsgleis runter auf die dritte Etage des vor einem halben Jahr eröffneten Glas- und Stahlpalasts gebracht hatte. Die kleine auberginefarbene Wochenendreisetasche fest zwischen die Beine geklemmt, sah er sich aufmerksam um und schien bemüht, hinter die Ordnung der von unzähligen Rolltreppen und Aufzügen durchzogenen, sich in der Mitte über vier Ebenen öffnenden Riesenhalle zu kommen. Dabei schüttelte er immer wieder milde lächelnd den Kopf, als wollte er sagen: Diese Hauptstädter! Müssen immer extra dick auftragen, als täten es nicht auch ein paar Gleise und Fahrkartenschalter – bei uns in Dings zum Beispiel funktioniert das schon seit Generationen.

Eddy zog die Banane aus der Manteltasche, die er von zu Hause mitgebracht hatte, und aß sie mit großen Bissen, während er sich durch einen Strom von Menschen und Rollkoffern einen Weg zu dem Mann mit auberginefarbener Tasche bahnte. Dabei blickte er sich ein paarmal um, als suche er ein Hinweisschild. Tatsächlich hielt er nach Beamten des Sicherheitsdienstes Ausschau und versuchte, die für den Bereich zuständige Überwachungskamera zu orten. Doch wie fast jedes Mal entdeckte er weder Beamte noch Kameras. Umso genauer choreographierte er seinen Sturz. Etwa drei Meter vor dem Mann blieb er mitten im Menschen- und Rollkofferstrom plötzlich stehen, ließ sich von einem Dicken anrempeln, stolperte über seine eigenen Beine, drehte eine Pirouette Richtung Rolltreppe, ließ die leere Bananenschale fallen, machte einen Ausfallschritt und noch einen, trat auf die Schale, rutschte aus, versuchte sich zu fangen, nahm dadurch erst richtig Fahrt auf und sauste Arme und Kopf voneweg in den dunkelblauen Cashmere-Mantel.

»Na, aber…!«, hörte Eddy den Mann über sich, gefolgt von einem lauten Ächzen, während sie gemeinsam in die schmutzige Ecke neben der Rolltreppe stürzten. Noch im Fallen suchte Eddy den Boden nach frisch ausgespuckten Kaugummis ab. Die waren schwer aus feiner Wolle rauszukriegen, und er wollte seinen möglicherweise zukünftigen

Mantel nicht schon vorm ersten Anprobieren ruinieren.

»O mein Gott!«, rief Eddy, während er und der Mann Anstalten machten, sich aufzurappeln. »Bitte entschuldigen Sie! Das ist mir ja so was von peinlich! Ich weiß gar nicht...«

Nachdem der Mann noch halb im Liegen als Erstes seine Tasche an sich gerissen hatte, saß er nun aufrecht auf einen Arm gestützt und musterte den vor ihm auf den Knien hockenden, ihm die Hände zur Hilfe entgegenstreckenden Eddy misstrauisch von oben bis unten.

Denn man hörte ja so einiges über Berlin – ihn würde so ein kleiner Hauptstadthalunke jedenfalls nicht hinters Licht führen!

Doch anscheinend fiel das Ergebnis der Musterung eher positiv aus. Eddy hatte sich für den Job im Hauptbahnhof auch angemessen in Schale geworfen: weiche dunkelbraune Wildlederschuhe, dunkelbraune Cordhose, weißes Hemd unter hellbeigem V-Ausschnitt-Pullover, moosgrüner Dufflecoat und ein bunt gemusterter Kenzo-Schal. Aus einer Jackentasche ragte die FAZ, und an der rechten Hand trug er einen sehr einfachen, flachen, billigen Silberring, bei dessen Anblick fast jeder dachte: Der sieht so einfach und billig aus – da er ihn trägt, muss er eine ganz besondere Bedeutung für ihn haben, Erbstück oder Liebesgeschichte, wie sympathisch, billiger Ring, wahre Werte. Eddy hatte das an mehreren Bekannten getestet. Tatsächlich war der Ring nichts weiter als einfach und billig, und Eddy trug ihn nur zu dieser speziellen Aufmachung. Irgendwas zwischen Museumsmitarbeiter, Feuilletonredakteur und Antiquitätenhändler.

Abgesehen davon war Eddy inzwischen schon über vierzig, und angegraute Haare, sogenannte Denkerstirnfalten und eine leichte, freundlich-versöhnliche Mattheit im Blick ließen sich nur schwer mit dem Bild verbinden, das bei der Bezeichnung Hauptstadthalunke entsteht.

»...Ja, wie konnte denn das passieren?« Statt misstrauisch oder vorwurfsvoll wirkte der Mann nun nur noch erstaunt.

»Es ist wirklich zu blöd, aber...«

Eddy brach ab, hob hilflos die Schultern und deutete mit zerknirschtem Ausdruck auf die nicht weit von ihnen liegende Bananenschale. Das war der Schlüsselmoment: Wenn der Mann jetzt nicht den Kopf schüttelte, von einem ungläubigen Schmunzeln gepackt wurde und so was wie »Gibt's ja nicht!« sagte, dann konnte man die Sache vergessen. Einmal war Eddy das mit einem Amerikaner passiert. Der hatte auf die Bananenschale gedeutet und in düsterem Ton festgestellt: »*That's really dangerous! Someone could get seriously injured! That makes me so angry! We should call security, they should go after the guys who did that.*« Eddy hatte es noch versucht mit »*But it's kind of funny too, isn't it? I mean, it's like in the movies*«, aber nur ein »*You think nearly breaking a leg is funny?*« geerntet. Woraufhin sich Eddy mit »*I'm really sorry, but it was nice to meet you*« davongemacht hatte.

Doch mit Deger- oder Dregerlein lief es wie am Schnürchen. Er sah die Bananenschale, öffnete den Mund und hielt einen Augenblick inne, ehe er den Mund noch weiter öffnete und ein lautes, tiefes, in der Brust dröhnendes Lachen anstimmte. Die Art Lachen, bei der einem zum Lachen vielleicht gar nicht unbedingt zumute ist, sondern die vor allem dem Gefühl entspringt, den Umständen ein Lachen schuldig zu sein.

Entsprechend rief er: »Ist ja wie in einem Witz!« Und weil Eddy nicht gleich reagierte: »Verstehen Sie? Diese Witze, wo einer auf der Bananenschale ausrutscht! Aber dass einem das mal wirklich passiert! Ist ja zum Piepen!«

Eddy tat, als könne er sich dem ansteckenden Lachen seines Gegenübers nicht entziehen, und stimmte wie gegen seinen Willen mit ein. Bis er sich schließlich räusperte und kleinlaut zu bedenken gab: »Nur, dass ich Ihnen ganz unwitzig weh getan habe.«

»Ach, das geht schon. Meine Knochen halten was aus.«

»Trotzdem, es ist mir wirklich sehr unangenehm. Kommen Sie...«

Eddy half ihm beim Aufstehen und klopfte ihm ein paar helle Schlieren und einen Strohhalm vom Mantel. An der linken Brustseite ortete er die Brieftasche.

»Lassen Sie nur, der war eh reif für die Reinigung.«

»Ein schöner Mantel. Reisen Sie ab, oder sind Sie gerade angekommen?«

»Angekommen. Mit dem Zug aus Bochum.«

»Bochum! Ich habe eine Tante in Bochum!«, sagte Eddy, als sei das ein wirklich bemerkenswerter Zufall. Er nahm immer die Tante. Mutter, Vater oder Geschwister tönten ihm zu gewichtig, als wollte er gleich die ganze Familiengeschichte erzählen, das Wort »Onkel« hatte, wie er fand, einen pädophilen Beigeschmack, und wer erinnerte sich schon an Nichten oder Neffen. Tante dagegen klang leicht und unschuldig nach Plätzchen und Postkarten und zeugte trotzdem von echtem Familienbewusstsein.

»Ach ja?«, fragte der Mann höflich.

»Ja. Vor ein paar Jahren habe ich sie dort besucht, hat mir gut gefallen.«

»Nun, wenn man die richtigen Ecken kennt.«

Eddy reichte dem Mann die auberginefarbene Reisetasche vom Boden. »Sagen Sie, ich weiß ja nicht, was Ihre Pläne sind, aber ich habe gerade meine Frau zum Zug gebracht und wollte sowieso einen Happen zu mir nehmen – darf ich Sie zum Ausgleich für dieses Missgeschick vielleicht zum Mittagessen einladen?«

»Na, das ist aber ein nettes Angebot.«

»Aber selbstverständlich.«

»Warten Sie…«

Der Mann sah auf seine Armbanduhr. Sehr dick und golden mit antiken Ziffern. Die kann er behalten, dachte Eddy.

»…Ich muss um fünf am Checkpoint Charlie sein. Dort ist die ›Combär‹, wissen Sie?«

»Tut mir leid, aber davon habe ich, glaube ich, noch nichts gehört.«

»Computermesse. Meine Branche. Hab zwei Läden in Bochum.«

»Ach, na das trifft sich ja prima! Da können Sie mich gleich beraten. Ich bin, was Computer betrifft, nämlich eine echte Null, muss mir aber jetzt einen neuen anschaffen.«

»Kein Problem. Dregerlein mein Name: Mit Dregerlein da hast du Schwein!«

»Ha-ha – das ist gut! Ist das Ihr Motto?«

»Na ja, sag ich manchmal so aus Flachs. Vor zwei Jahren hatten wir eine Sonderangebotskampagne, da haben wir das verwendet.«

»Gefällt mir gut: Mit Degerlein da hast du Schwein!«

»Dregerlein, nicht Degerlein – aber den Fehler machen viele.«

Auf dem Weg zum Taxistand schlug Eddy ein Spezialitätenrestaurant für Meeresfrüchte vor. Erstens, weil er gerne Austern aß, zweitens, weil er in dem erst vor kurzem eröffneten Restaurant noch nie beruflich aktiv gewesen war, und drittens, weil er den Mann aus Bochum mit Austern und dem Flair von großer weiter Welt beeindrucken wollte.

»Austern?«, fragte Deger- oder Dregerlein amüsiert und ein bisschen ängstlich. »Isst man die nicht besser so frisch wie möglich an der Küste?«

»Machen Sie sich keine Sorgen. Die werden jeden Tag eingeflogen. Frischer geht's kaum. Außerdem halten sich Austern im Kühlschrank bis zu zehn Tagen, das wissen nur die wenigsten.«

»Bis zu zehn Tagen?«

»Ja. Ein Stück Fleisch können Sie nicht so lange aufbewahren, geschweige denn eine Bratwurst.«

»Ah, Bratwurst...«, sagte Deger- oder Dregerlein, als sei die Rede auf einen guten alten Freund gekommen. »Das habe ich die letzten Male hier in Berlin gegessen. Die guten Thüringer...«

»Und wissen Sie, warum?«, fragte Eddy, ohne auf Deger- oder Dregerleins Sehnsucht nach Bratwurst einzugehen und während er ihn am Arm zum ersten Taxi am Stand lenkte: »Weil Austern ja leben. Und solange sie ein bisschen Wasser zu essen oder trinken oder was immer sie damit anstellen in der Schale haben, geht's ihnen wunderbar.«

Der Taxifahrer verstaute die Reisetasche im Kofferraum, sie stiegen ein, und Eddy nannte dem Fahrer eine Adresse in Mitte. Als er sich zurücklehnte, begegnete er Deger- oder Dregerleins beunruhigtem Blick.

»Ist irgendwas?«, fragte Eddy.

»Nun... wie meinen Sie das, sie *leben*?«

»Ach so...« Eddy nickte, als verstünde er die Frage gut und hielte sie für berechtigt, während er schnell überlegte, ob in Deger- oder Dregerleins Charakter Stolz oder Feigheit überwogen. Auf keinen Fall sollte er sich unwohl fühlen, andererseits konnte eine neue – sozusagen hauptstädtische – Herausforderung, wenn er sich ihr denn stellte und sie bewältigte, zusammen mit genügend Weißwein für echte Euphorie sorgen; und kaum etwas machte die Leute leichtgläubiger und unaufmerksamer als Euphorie.

Doch dann fielen Eddy die auberginefarbene Reisetasche und die Uhr mit antiken Ziffern ein, und er entschied, dass es sich hier eher nicht um einen Mann für Herausforderungen handelte.

»... Na, im Sinne von: wie auch eine Birne lebt. Die ist erst mal eine Knospe, dann wächst sie, und irgendwann ist sie alt und verschrumpelt und stirbt.«

»Die Birne stirbt?«

»Oder vergeht, verfault – wie Sie wollen. Jedenfalls unterliegt sie einem Lebenszyklus mit Anfang und Ende, und so gesehen sind Austern nichts anderes als ein Obstsalat. Darum ja auch die Bezeichnung: Meeresfrüchte.«

»Aha.«

»Machen Sie sich keine Sorgen, Sie werden's überleben«, sagte Eddy lächelnd und ein bisschen frech und deutete einen freundschaftlichen Ellbogencheck an: Komm, Deger- oder Dregerlein, altes Haus, du hier zur öden Computermesse, eigentlich nur mit der Aussicht auf ein paar Bier mit langweiligen Kollegen und später im Hotelzimmer vielleicht noch einen Porno, und jetzt auf einmal: verrückte Begegnung mit original Berliner, der dich zu abgefahrenen Speisen in ein Einheimischen-Restaurant einlädt – davon kannst du in Bochum noch in fünf Jahren erzählen!

Und tatsächlich, nachdem er die Situation anscheinend noch mal kurz überdacht hatte, streckte Deger- oder Dregerlein die Beine aus, faltete die Hände überm Bauch, und ein zufriedener, fast spitzbübischer Ausdruck trat in sein Gesicht.

»Also gut«, sagte er, während er auf das vorbeiziehende Regierungsviertel mit mächtiger Reichstagskuppel, Bundeskanzleramt und Fernsehturm im Hintergrund schaute, »Sie sind der Boss. Entführen Sie mich zu einer ordentlichen Sause! Mann, ist das 'ne Stadt!«

So ist's recht, dachte Eddy.

Zwei Stunden, zwei Meeresfrüchteplatten und drei Flaschen Weißwein später sagte Eddy, während er den Dufflecoat vom Stuhl neben sich nahm und seine Brieftasche herauszog: »Wie gerne würde ich jetzt noch eine Runde bestellen. Es macht wirklich Spaß, mit Ihnen hier zu sitzen, aber nun – das Leben ist kein Wunschkonzert, nicht wahr? Leider muss ich um halb vier meinen Sohn vom Klavierunterricht abholen.« Er lächelte froh. »Aber zum Glück sehen wir uns ja schon morgen wieder…«

Nach der zweiten Flasche hatten sie sich für den

nächsten Tag auf der ›Combär‹ zu Computerkauf und Abendessen mit Deger- oder Dregerleins Kollegen verabredet.

»Machen wir jedes Jahr: immer zu ›Knorke‹ am Alex. Nichts gegen das hier, ist wirklich toll, aber da kriegen Sie ein Eisbein... Also, die Schweine mit diesen Haxen möchte ich mal sehen, müssen groß wie Elefanten sein. Die bringen einem dort extra lange Messer, damit man beim Schneiden mit einem Mal durchkommt.«

»Klingt lecker.«

»Ist es, ist es – am Ende sind wir immer so pappsatt und fix und fertig, da muss erst mal 'ne Flasche Schnaps her. Denn die Regel ist: Wer nicht aufisst, zahlt.«

»Ach so?«

»Ja, ja. Manchmal laden wir extra irgend so 'nen Salatesser mit ein, und der macht natürlich spätestens nach der Hälfte schlapp.«

»Na!«, Eddy hob amüsiert den Zeigefinger, »das ist aber nicht fair!«

»Nein, ist es nicht«, sagte der schon ordentlich beschwipste Deger- oder Dregerlein begeistert: »Aber billig!«

Woraufhin sie eine Weile fröhlich gelacht und abwechselnd »Aber billig!«, »Aber billig!« wiederholt hatten.

Eddy ließ die Brieftasche aufklappen und legte sie zwischen leere Gläser und Espressotassen so auf den Tisch, dass der gegenübersitzende Deger- oder Dregerlein sie gut sehen konnte. »Ich werde dann mal zahlen.«

Deger- oder Dregerlein, der von den drei Flaschen zweieinhalb getrunken hatte und inzwischen nicht mehr beschwipst, sondern ziemlich mitgenommen wirkte, saß mit von sich gestreckten Beinen und herunterhängenden Armen im Stuhl zurückgelehnt und verfolgte Eddys Bewegungen mit glasigem, versonnenem Blick. »Ich könnt hier ebenfalls noch hockenbleiben. Wirklich: Sie sind 'n netter Kerl. Vielen Dank fürs Essen.«

»Ist mir ein Vergnügen.«

Auf der einen Seite der Brieftasche waren die Streifen verschiedener Kredit-, Bank- und Krankenversicherungskarten zu sehen, auf der anderen das Schwarzweißfoto einer etwa dreißigjährigen Frau, der die Haare ins lachende Gesicht hingen. Sie trug eine helle Kittelschürze, schob mit dem linken Arm einen kleinen Jungen ins Bild und hielt in der rechten Hand eine Gartenschere.

Es dauerte einen Moment, bis Deger- oder Dregerleins Blick die Brieftasche voll im Fokus hatte, dann stutzte er plötzlich, und während Eddy so tat, als halte er nach einem Kellner Ausschau, arbeitete sich Deger- oder Dregerlein aus dem Stuhl vor und beugte sich über den Tisch zum Foto.

»Aber das ist doch... Wer ist das denn?«

Eddy wandte den Kopf. »Was...? Ach so, Lucie, meine Frau, und mein Sohn Moritz.«

»Also, das ist aber 'n Ding... Ich hätte gewettet, dass das Romy Schneider ist, unsere Romy...«

»Na, das werde ich Lucie ausrichten, da wird sie sich freuen. Romy Schneider ist eine unserer Lieblingsschauspielerinnen...« Plötzlich schien Eddy etwas einzufallen. »Apropos, meine Frau...« Er zögerte, guckte, als sei ihm Folgendes zwar unangenehm, aber als könne er nicht anders. »... Das wollte ich Sie schon die ganze Zeit fragen. Schauen Sie, meine Frau ist Französin und findet immer, ich würde mich nicht mit genügend Klasse kleiden. Na ja, Sie sehen ja...« Eddy hob leicht die Arme und warf einen Blick an Pullover und Cordhose herunter. »... Jedenfalls fällt mir schon die ganze Zeit Ihr Anzug auf und wie toll er Ihnen steht. Das ist etwa genau die Art unaufdringlicher Schick, den sich meine Frau für mich wünscht. Und, na ja, also wenn's Ihnen nichts ausmacht, vielleicht könnten Sie mir sagen, welche Marke das ist...«

Nachdem Deger- oder Dregerlein während Eddys kurzer Rede zunehmend ratlos dreingeschaut hatte, hellte sich seine Miene nun schnell wieder auf, und er polterte gutmütig: »Jetzt stellen Sie sich doch nicht so an! Warum sollte mir das denn was ausmachen?! Und überhaupt: Jetzt ist mal gut mit Etepetete-Sie und Popel-Ihnen!« Wuchtig streckte er Eddy die Hand entgegen, wobei er fast sämtliche Gläser vom Tisch gestoßen hätte. »Alter vor Schönheit, nicht wahr, also darf ich das: Hier, ich bin der Markus!«

Eddy schaute kurz überrascht, dann lächelte er, schüttelte die Hand und sagte: »Florian.«

»Na, siehst du! Und morgen trinken wir da einen drauf! Florian! Gefällt mir gut! Florian – Florian und Markus! Der Anzug ist übrigens ganz einfach von Karstadt. Die Marke sag ich dir gleich...«

Während Deger- oder Dregerlein sich umständlich aus dem Sakko wand, warf Eddy einen Blick durch den inzwischen fast leeren Speisesaal. Ein ineinander vertieftes Pärchen, eine Frau hinter einer Zeitung, eine Runde Geschäftsleute im Gespräch, die Kellner wahrscheinlich im Hof eine rauchen – niemand beachtete sie.

»Hier... ›Bristol Classic‹. Nie gehört, aber ist von Karstadt. Meine Klamotten kauft meine Frau, und woanders geht die nicht hin. Karstadtsüchtig, sag ich immer. Können wir deine ja einfach mitschicken, und wir gehn schön einen...«

»Darf ich mal kurz...«

Eddy war leise aufgestanden und unbemerkt von Deger- oder Dregerlein mit drei schnellen Schritten um den Tisch herumgegangen. Nun stand er plötzlich vor ihm und streckte mit dem unschuldigen Gesichtsausdruck eines netten, wohlerzogenen, nicht allzu intelligenten Kindes die Hand nach dem Sakko aus. »...Ich denke, wir haben etwa die gleiche Größe.«

Deger- oder Dregerlein zögerte, seine Züge strafften sich, und für einen Moment sah es so aus, als ließe die Wirkung des Alkohols schlagartig nach. Doch der Moment dauerte nicht lange. Wie von Eddy erhofft, warf Deger- oder Dregerlein einen Blick zu Eddys aufgeklappter Brieftasche und versicherte sich, dass jegliches Misstrauen unangebracht war. Der nette Florian, Frau und Kind, seine Kreditkarten und Ausweise eine Armlänge entfernt – gut, man hörte so einiges über Berlin, aber hier musste er sich nun wirklich keine Sorgen machen. Und nach was sähe das aus, wenn er seine Brieftasche aus dem Sakko fummelte, bevor er es für einen Augenblick aus der Hand gäbe? Jedenfalls nicht nach Florian und Markus, auch nicht nach dem Vorspiel zu einem fetten Verkaufsabschluss am nächsten Tag. Zwei iBooks, eins für Florian, eins für Romy oder wie sie hieß, plus alle möglichen Programme, Drucker und so weiter – er wolle richtig zuschlagen, hatte Florian gesagt. Nein, nein, er würde nicht das argwöhnische Landei geben und die Stimmung dieses wunderbaren Zusammentreffens am Ende noch vermiesen: Hier, Florian, neuer Freund, nimm mein Sakko mit all meinen Kreditkarten und den dreitausend Euro in bar aus der schwarzen Kasse für den Kauf des neuen Panasonic-Beamers, und wenn's deine Größe ist, schenk ich's dir sogar, scheiß aufs Sakko, hab noch zwanzig andere von meiner Frau, karstadtsüchtig, sag ich immer...

Eddy nahm das Sakko. »Danke, ich schlüpf mal schnell rein.« Und während er das tat und die Brieftasche an seiner Brust spürte: »Du wirst es nicht glauben, aber ich besitze nur einen Anzug, meinen Hochzeitsanzug, und ob mir der überhaupt noch passt...«

»Na ja...!« Deger- oder Dregerlein lachte väterlich, während er innerlich schauderte: Gott, wär das peinlich gewesen, hätte ich die Brieftasche vor seinen Augen herausgezogen! »... Ihr Künstler! Was machst du, hast du gesagt? Filmmusik!«

»Filmmusikberatung.« Eddy befühlte den Stoff und schlenderte dabei wie planlos um den Tisch herum.

»Na schön, Filmmusikberatung. Ich dagegen:

Jeden Morgen um acht auf der Matte, kaufen, verkaufen, die Angestellten führen, wichtige Kunden bedienen – ohne Anzug und Krawatte läuft da nix, kann ich mir nicht leisten.«

»Vielleicht kann ich's mir ja eigentlich, ohne dass ich's weiß, auch nicht leisten«, erwiderte Eddy absichtlich verworren, während er seinen Dufflecoat aufnahm. »Fühlt sich prima an, ich denke, wir haben dieselbe Größe, mal gucken, ob mein Mantel drüberpasst. Weil, das ist ja immer das Problem mit Sakkos: Entweder passt kein Pullover drunter oder der Mantel nicht richtig drüber...«

Aus den Augenwinkeln registrierte Eddy, wie bei Deger- oder Dregerlein erneut die Alarmglocken läuteten – wie sich sein Körper anspannte, wie er den Hals reckte und jede Bewegung Eddys ganz genau verfolgte. Bis ihm Eddys nach wie vor auf dem Tisch liegende Brieftasche wieder einfiel. Er sah kurz zu ihr hin und sank erleichtert in den Stuhl zurück.

»... Ja, ja, mach, was du willst«, sagte er achselzuckend. »Das davor habe ich jetzt aber nicht so genau verstanden: Wie meinst du das – ohne dass du's weißt?«

In der Innentasche von Eddys Dufflecoat steckte eine zweite Brieftasche. Sie war von durchschnittlicher Größe und mit Papier und alten Telefonkarten gefüllt. Während Eddy so tat, als rücke er die verschiedenen Kleiderschichten zurecht, sich ein paarmal drehte und wendete, als betrachte er sich in einem der Fenster zur Straße, vertauschte er die Brieftaschen. Dabei erklärte er: »Nun, ich dachte an die ganzen Fernsehredakteure und Produzenten, mit denen ich zu tun habe: Vielleicht würde ich mit Anzug viel mehr Aufträge von denen kriegen.«

»Ach so... Na ja, wie mein früherer Chef immer sagte: Frische Rasur, ordentlicher Anzug und gut gekackt am Morgen ist das halbe Verkaufsgespräch!« Deger- oder Dregerlein grunzte vergnügt in sich hinein. »Verstehst du? Wie du dich fühlst, wie du wirkst – das ist oft wichtiger als das Zeug, das du anbietest.«

»Verstehe.«

Eddy zog den Dufflecoat und das Sakko aus und reichte es über den Tisch. Deger- oder Dregerleins erster Griff ging dorthin, wo er die Brieftasche fühlen konnte – alles noch da, alles in Ordnung –, ehe er das Sakko auf den Stuhl neben sich legte.

Eddy sah auf die Uhr. »O mein Gott! Es ist ja schon fünf vor halb. Ich muss sofort los!« Und während er den Dufflecoat wieder anzog und seine

Brieftasche vom Tisch nahm: »Morgen um vier auf der ›Combär‹ am Checkpoint Charlie. Ich hab deine Handynummer, ich ruf dich an, okay?«

Deger- oder Dregerlein nickte. »Wie abgemacht.«

»Toll. Ich freu mich. Hab noch einen schönen Tag in Berlin. Tut mir leid, aber ich kann Moritz da nicht warten lassen. Ich werde vorne zahlen.« Eddy deutete mit dem Kinn zum Durchgang, hinter dem sich die Garderobe befand.

»Alles klar.« Deger- oder Dregerlein zwinkerte Eddy glücklich und betrunken zu. »Und vielen Dank noch mal!«

Vor der Garderobe kam Eddy einer der Kellner entgegen.

»Wünschen Sie die Rechnung?«, fragte er.

»Danke, aber mein Freund übernimmt das. Ich hätte nur gerne meinen Mantel.«

»Ihren Mantel?« Der Kellner sah auf den Dufflecoat.

»Ja, einen dunkelblauen Cashmere-Mantel, ich hab ihn dabei, um ihn zur Reinigung zu bringen.«

Als der Kellner ihm den Mantel gab, sagte Eddy: »Ach, und mein Freund hätte gerne noch einen Nachtisch. Auf der Karte habe ich gesehen, Sie haben ein Soufflé, das mag er so gerne.«

Der Kellner runzelte die Stirn. »Soufflé? Das dauert aber mindestens zwanzig Minuten.«

»Macht nichts, er wollte sowieso noch eine Weile bleiben. Lassen Sie sich nur Zeit.«

Bevor er auf die Straße trat, stopfte Eddy den Mantel unter den Dufflecoat. Durch eines der Restaurantfenster sah er Deger- oder Dregerlein immer noch gerührt vor sich hin lächeln. Gerade als Eddy sich abwenden wollte, schaute er auf, erblickte Eddy im Strom der Passanten, winkte und machte das Daumen-oben-Zeichen. Eddy hob ebenfalls den Daumen, ehe er sich umdrehte und hinter einer Gruppe dänischer Touristen verschwand.

Der Idiot

Eddy saß in der U-Bahn auf dem Weg nach Hause. Zwischen seinen Beinen standen fünf KaDeWe-Tüten. Innerhalb einer Stunde hatte er drei IWC-Portofino-Uhren, einen Rubinring, drei Cashmere-Morgenmäntel, drei Canon-Kameras, zwei Sets Zwölf-Personen-Silberbesteck, zwei Kisten Cohibas Esplendidos und zwei elektrische Zahnbürsten gekauft. Alles zusammen im Wert von etwa zwölftausend Euro. Bis auf die Zahnbürsten wollte er alles noch am selben Abend zu seinem Hehler in der Pestalozzistraße bringen. Herr Schulz führte vorne raus ein Geschäft mit Blechspielzeug und alten Puppen, im Hinterzimmer hatte er für ausgewählte Kunden eine Art Kramladen für Luxusgüter. Wenn sich die Ware verkaufte, bekam Eddy sechzig Prozent vom erzielten Preis.

Kurz vor fünf hatte die Verkäuferin in der KaDeWe-Lederwaren-Abteilung zu Eddy gesagt: »Tut mir leid, Herr Dregerlein, aber Ihre VISA-Karte scheint gesperrt zu sein.«

Woraufhin Eddy gutgelaunt »Ui-ui-ui!« erwiderte und einen Tausendzweihundert-Euro-Lederkoffer zurück auf den Verkaufstresen gestellt hatte. »Hab ich's wohl mal wieder übertrieben! Aber Ihr Kaufhaus ist ja auch so was von verführerisch. Und eine Auswahl! Ich komme aus Bochum, da haben wir so was nicht. Also bitte: Entschuldigen Sie die Umstände, und einen schönen Tag noch.«

Eddy schaute auf die Tüten vor sich. Wenn die Ware sich wie gewohnt verkaufte, und zusammen mit den dreitausend Euro in bar, die er auf dem Weg ins KaDeWe ungläubig aus Deger- oder Dregerleins Brieftasche gezogen hatte, belief sich sein Verdienst an diesem Tag auf etwa zehntausend Euro.

Zehntausend Euro! Machte vier Monate mit je zweitausendfünfhundert Euro, wie ein richtiges Gehalt. Oder fünf Monate mit je zweitausend. Oder wenn er die Summe mit ein paar Blindennummern oder Sexshop-Erpressungen zwischendurch streckte und eher bescheiden lebte, dann käme er sogar auf sechs Monate. Sechs Monate, in denen er nicht arbeiten musste und sich ganz auf die Musik konzentrieren konnte. Oder mal in echte Ferien fuhr. Nicht in irgendein mondänes Touristenzentrum, um reiche gelangweilte Ehefrauen aufzureißen, sondern in ein kleines Dorf, auf eine Insel oder an einen See, nur Einheimische, ein hübsches Restaurant, schwimmen, spazieren, Gitarre spielen, mal wieder ernsthaft komponieren... Eddy seufzte, als säße er schon auf der schattigen Restaurantterrasse mit Blick aufs Meer, eine Bohnensuppe und ein Glas kühlen Rotwein vor sich. Mit Deger- oder Dregerlein da hast du Schwein!

Auf dem Weg vom U-Bahnhof Möckernbrücke zu seiner Wohnung lächelte Eddy von mehreren Plakatwänden das aktuelle Berliner Thema Nummer eins an: der Unternehmer und Spekulant Horst König. Die Plakate waren Reklame für die neue Ausgabe des Wochenblatts *Boulevard Berlin*. Unter dem Foto stand: *Erst Hotte nun Heuschrecke – die ganze Wahrheit über den Berliner, der die Tempelhofer Deo-Werke zerschlagen hat!*

Eddy schüttelte gutgelaunt den Kopf: So blöd musste man sein! In der eigenen Stadt, wo man Freunde hatte, Verwandte, wo einen jeder kannte, so ein Ding durchzuziehen. Achttausend Entlassene! Wo in Berlin eh schon Ebbe war. Der konnte sich hier doch nie mehr blicken lassen. Tat er wohl auch nicht. Am Morgen hatte Eddy im Radio gehört, dass König, nach dem Erhalt mehrerer Morddrohungen, untergetaucht sei. Vermutlich zurück in die USA. Dort hatte er seine Millionen gemacht. Mit einer Imbisskette, soweit Eddy sich erinnerte.

Ihm wäre so was jedenfalls nicht passiert. Eine von Eddys goldenen Regeln lautete: Im eigenen Viertel nicht mal 'ne Zigarette schnorren. Kreuzberg war für ihn tabu. Sein Rückzugsgebiet. Hier unterhielt er sich mit den Kellnern über Weine und gab gute Trinkgelder, schimpfte mit Ladenbesitzern über Jugendbanden und die wirtschaftliche Lage, half älteren Menschen über die Straße, scherzte mit Kindern und goss für seine Nachbarn in den Ferien die Blumen. Wenn ihn jemand fragte, was er beruflich mache, antwortete er wahrheitsgemäß, er sei Musiker. Zusammen mit seinem Freund Arkadi bildete er seit über sieben Jahren das Gitarren- und Gesangsduo Lover's Rock, benannt nach einem Song von The Clash. Sie spielten an den üblichen Straßenmusikerorten wie Fußgängerzonen, U-Bahn-Stationen, Wochenmärkten und bei kleinen Festivals. Aber auch hierbei galt: kein Konzert in Kreuzberg, und sei es finanziell oder fürs Prestige noch so vielversprechend. Denn zwischen dem, was sich die meisten Leute vorstellten, wenn er mit seinen dreiundvierzig Jahren und seiner stets gepflegten, ordentlichen Erscheinung angab, er sei Musiker, und dem, was sie zu sehen und hören bekommen hätten, wären Eddy und Arkadi mit Schlapphüten, Pilotenbrillen, billigen, weit ausgestellten Nadelstreifenanzügen und ihrem, wie sie es nannten, Akustikpunk, vor ihnen aufgetreten, bestand ein rufentscheidender Unterschied. Sollte die Polizei sich jemals in der Nachbarschaft nach ihm erkundigen, wäre die Reaktion nicht mehr so was wie: Ach, der Herr Stein, so ein netter Mann, fast ein bisschen zu nett, falls Sie verstehen, was ich meine, also, richtig Spaß hat man jedenfalls nicht mit dem, immer ist er so überaus korrekt in seinen Ansichten und überhaupt ... Sondern die Leute riefen womöglich: Ach, Eddy Stein! Na klar kenne ich den, die olle Hackklampfe! Man glaubt's ja kaum, wenn man ihn nur so im Alltag erlebt, aber der weiß, wie der Hase läuft. Spielt da seine Rambazamba-Fickmusik, reißt die Weiber hordenweise auf und greift nebenbei noch ordentlich Kohle ab. Da waren Zehner und Zwanziger im Hut, in einer Stunde haben die mehr verdient als ich hier an 'nem ganzen Tag mit Zeitungen und Zigaretten. Ob der das Zeug zum Trickbetrüger hat? Keine Ahnung, Herr Wachtmeister, aber ich denke, Eddy Stein hat das Zeug zu 'ner Menge Sachen...

Eddy bog in die Wartenburgstraße ein. Seit über zehn Jahren wohnte er dort zur Miete in einer hübschen Drei-Zimmer-Altbauwohnung, Hinterhaus, dritter Stock, Südseite. Eine ruhige Gegend mit vielen Bäumen, reich bepflanzten, gepflegten Hinterhöfen und Blumenkästen vor den Fenstern. Unter den Anwohnern kannte Eddy mehrere Lehrer, eine Psychologin, ein Weinhändlerpaar, eine Schauspielerin, zwei Architekten und die Besitzer und Betreiber von ›Lit-Games‹, einer jungen Firma, die nach berühmten Werken der Weltliteratur Computerspiele entwickelte. Kleinfamilien, Fahrradfahrer, Italienurlauber, Zeitungsabonnenten, Wochenmarktfans. Der Höhepunkt des Zusammenlebens in der Wartenburgstraße bestand jedes Jahr im September in einem von Anwohnern organisierten Straßenfest mit selbstgepresstem Apfelsaft, selbstgemachten Salaten und Tofu-Warten-Burgern, einem Kinderflohmarkt, einem Kindermalwettbewerb, Unterschriftenlisten für Tempo dreißig auf der Wartenburgstraße und einem von den Weinhändlern herbeigeschafften Fass spanischen Rotweins. Ansonsten hielten sich die Ereignisse in der Wartenburgstraße in Grenzen: im Sommer hin und wieder eine Samstagnacht, in der Bob-Dylan- oder Rolling-Stones-Songs samt betrunkenem Gelächter durch die Hinterhöfe tönten, im Winter regelmäßig Streits mit Hausmeistern, ob bei Schneefall die Einfahrten und Bürgersteige schon morgens um sechs freigescharrt und die Anwohner mit dem Gefühl geweckt werden mussten, man kratze ihnen mit einem Nagel durchs Gehirn, und vor Wahlen malte ein Unbekannter den CDU-Kandidaten auf den Plakaten in der Straße nachts heimlich Hitlerbärtchen an.

Auch Eddy unterschrieb beim Straßenfest für Tempo dreißig und sagte jedes Jahr wieder mit anerkennendem Nicken: »Toll, dieser Apfelsaft, selbstgepresst ist eben doch was ganz anderes, schmeckt man sofort.« Aus denselben Gründen spielte er in regelmäßigen monatlichen Abständen einen Abend lang Simon&Garfunkel- und Neil-Young-CDs bei geöffneten Fenstern und stimmte alle paar Jahre im Treppenhaus oder beim Bäcker irgendwem zu, dass es ungeheuerlich sei, die CDU mit Hitler in einen Topf zu werfen. Stil, hatte Eddy mal gehört, sei die Fähigkeit, nirgendwo aufzufallen, weder in der Bierkneipe noch im Dreisternerestaurant. Insofern bestand die Voraussetzung für seine Lebensführung in einem ausgeprägten Stilgefühl. Zum Beispiel wäre er am helllichten Tag niemals mit fünf KaDeWe-Tüten nach Hause gegangen. In der Nähe der U-Bahn-Station hatte er sich in einem Bioladen noch schnell eine große Jutetasche mit aufgedrucktem Marienkäfer gekauft, den Inhalt der Tüten hineingeschüttet und sie in den nächsten Mülleimer geworfen. Kein Nachbar sollte das Signet des Edelkaufhauses sehen und sich womöglich fragen: Nanu, was ist denn mit unserem Musikus los, hat er im Lotto gewonnen oder was?

Jedenfalls wäre ich als deutscher Unternehmer, sagte sich Eddy, der auf die miese Tour absahnen will, doch nach Tschechien oder Rumänien oder so gegangen und hätte hier in Berlin irgend 'nen Marathon oder 'n Kulturfestival gestiftet. Hätte doch keiner was gemerkt. Und dann anstatt Volksfeind Ehrenbürger – der Idiot!

Der Idiot! Noch oft sollte Eddy sich an diesen Moment erinnern: gute Arbeit geleistet, Glück gehabt, quasi zehntausend Euro in der Tasche, federnder Gang, breites Kreuz, die Frühlingssonne im Gesicht – und gleich mal was besser gewusst. Dabei lautete eine andere goldene Regel von ihm: niemals glauben, man wüsste wirklich was, und erst recht nicht, was besser. Denn sofort war die Aufmerksamkeit weg, und das konnte er sich, und sei's auch nur für einen kurzen Augenblick, in seinem Geschäft nicht leisten. Man sagte sich, ach, wie der oder die tickt oder wie das funktioniert, das hab ich doch gleich kapiert, oder wie dumm stellt der sich denn an, das geht doch viel einfacher so – und schwups hatte man nicht mehr hingeguckt, nicht mehr jede Nuance registriert und womöglich den entscheidenden Haken an der Sache, die mögliche Lücke, die einzige Gelegenheit übersehen, verpasst, vergeigt. Im Grunde verhielt es sich wie beim Autofahren: besser ein schlechter Fahrer, der sich seiner Schwäche bewusst ist, darum stets großen Abstand zu anderen Fahrzeugen hält, selten überholt und jeden LKW taxiert, als bewege sich der Tod auf Doppelreifen, als ein guter, der sich auf sein Können verlässt, in die Kurven schießt und einfach Pech hat, als der besoffene LKW-Fahrer, die Öllache und die untergehende Sonne im selben Augenblick vor ihm auftauchen. So gesehen bewegte sich Eddy die meiste Zeit durchs Leben wie ein guter Fahrer, der sich zwingt zu agieren wie ein schlechter: immer wachsam, immer auf den ungünstigsten Ausgang einer Situation gefasst, möglichst alles im Auge.

Doch in diesem Moment, kurz vor der Haustür, den Schlüsselbund schon in der Hand, glaubte er, für den Rest des Tages nur noch, wenn man so wollte, freie, gerade, von bunten Wiesen gesäumte Landstraße vor sich zu haben, und trat aus Spaß mal kurz das Gaspedal durch: Hör mal, Hotte, du magst ein international erfolgreicher Geschäftsmann sein, mehrfacher Millionär, Yacht-, Ranch- und Schlossbesitzer, aber jetzt erklärt dir der Eddy aus der Wartenburgstraße mal, wie du deinen Laden wirklich gut schmeißen könntest – und schwups ... den Traktor zwar gesehen, aber nicht damit gerechnet, dass der angehängte Gülletank in der Kurve bis auf die Gegenspur ausschwenkt. Und ehe man sich's versieht: Bauer tot und alles voll vergorenem Kuhmist.

Andererseits: Und wenn er noch so aufmerksam gewesen wäre, Horst Königs Gesicht hätte er wegen der *Boulevard-Berlin*-Plakate auf jeden Fall wiedererkannt. Und ob er, in welcher geistigen Verfassung auch immer, jemals einfach weiter die Treppen zu seiner Wohnung hinaufgestiegen wäre, guten Tag und geht mich nichts an? Immerhin war König einer der reichsten und zwielichtigsten und somit auf Eddys Geschäftsfeld vielversprechendsten Personen, die es zu dem Zeitpunkt in Berlin gab. Der Versuchung, ihm ein bisschen auf den Zahn zu fühlen, hätte Eddy wahrscheinlich nur bei vorgehaltener Pistole oder während eines Erdbebens widerstanden.

Hotte

Eddy verlangsamte den Schritt kaum merklich, als er aus der Einfahrt in den Hof trat und die zwei Männer erblickte, die links und rechts vom Eingang zum Hinterhaus an der Mauer lehnten. Bullige, kahlrasierte Fitnessstudio-Pakete in dunklen, glänzenden Sportanzügen. Beide trugen verspiegelte Sonnenbrillen, Uhren, mit denen man mittelgroße Tiere erschlagen konnte, und einen Mann-ist-das-öd-hier-wenn-mir-doch-einer-auf-den-Sack-ginge-dann-könnte-ich-ihm-wenigstens-die-Fresse-polieren-Ausdruck im harten, glattrasierten Gesicht.

Zivilpolizisten, dachte Eddy, oder Geldeintreiber. Jedenfalls aller Wahrscheinlichkeit nach weder neue Wartenburgstraßen-Mieter noch Klempner oder Fahrradboten.

»Einen wunderschönen guten Tag«, wünschte er, als er vor ihnen stehenblieb. Dabei schlug er den weichen süddeutschen Singsang vieler aus der Provinz zugewanderter Kreuzberger an und schob sich, um keinen Zweifel daran zu lassen, mit was für einer Pfeife sie es hier zu tun hatten, die Marienkäferjutetasche gut sichtbar vor die Brust.

»Gleichfalls«, erwiderte der eine, und der andere nickte dazu.

»Sind Sie wegen des Dachschadens da?«, fragte Eddy und wiegte auf kumpelhafte Hey-Leute-was-geht-ab?-Weise den Kopf hin und her. Gleichzeitig registrierte er, dass sich ihre modischen, eng geschnittenen Sportjacken unter den linken Achseln ausbeulten.

»Wegen des...? Nein, nein, wir warten hier nur auf jemanden.«

»Ah.« Eddy lächelte, als hielte er das für eine prima Antwort. Die Männer wechselten einen Blick. Eddy wollte sichergehen, dass sie nicht auf ihn warteten.

»Weil wir nämlich seit einem Monat einen Dachschaden haben...« Plötzlich lachte Eddy auf. »Also nicht wir natürlich, nicht die Bewohner, meine ich – wir haben keinen Dachschaden, jedenfalls nicht alle, ha-ha...« Eddy zog und ruckelte vor Vergnügen an den Trägern seiner Jutetasche. »... Verstehen Sie? Nicht wir, sondern...«

»Das Haus«, fiel ihm der eine ins Wort. »Das Dach von diesem Haus hier hat 'n Schaden, es regnet rein oder so was – ist es das, was Sie sagen wollen?«

Eddy stutzte, und seine Augen blinzelten für einen Moment nervös. »Ja, das wollte ich sagen.« Dann verdüsterte sich sein Blick, er umfasste die Träger der Jutetasche mit festem Griff und sagte in spitzem Ton: »Nun, auf wen warten Sie denn? Bestimmt kann ich Ihnen helfen, ich kenne hier nämlich jeden. Wir sind hier so was wie eine große Familie. Und...« – er machte eine kurze, das Folgende dick unterstreichende Pause – »wir sind es nicht gewohnt, dass Unbekannte in unserem Hof herumstehen. Im Haus wohnen Kinder und alte Menschen, für deren Sicherheit wir uns alle verantwortlich fühlen. Das ist hier kein öffentlicher Park oder so was. Und darum muss ich Sie nun auffordern, mir zu verraten, mit wem Sie verabredet sind. So lauten unsere Hausregeln...«

»Hausregeln...«, wiederholte der eine, während der andere die Augen verdrehte.

»Na schön, mein Guter, damit du uns hier vor lauter Aufregung nicht schlappmachst: Wir warten auf euren Hausbesitzer. Er ist da drin, um den Zustand des Gebäudes zu überprüfen. Ist das für die Kinder und alten Leutchen zu verkraften?«

Eddy rümpfte die Nase. »Sie sind nicht lustig. Und ich verbitte mir, von Ihnen geduzt zu werden. Wir gehören sicher nicht demselben Menschenschlag an.«

»Ach, du lieber Himmel!«, seufzte der, der den Kopf abgewandt hatte, und machte ein Geräusch, als verspüre er Schmerzen.

»Und damit adieu, meine Herren!«, rief Eddy und stapfte zwischen beiden hindurch ins Treppenhaus. Hinter sich hörte er: »Was war das denn?« – »Na, haste doch gehört: Dachschaden.«

Eddy erreichte die Treppe und wechselte vom schweren, lauten Schritt in den Schleichgang. Bisher hatte er, was seine Wohnung betraf, immer mit einer Hausverwaltung in Charlottenburg zu tun gehabt, und wenn er sich richtig erinnerte, hatte der dort für die Wartenburgstraße 16a zuständige Herr Völz einmal erwähnt, dass das Haus einer Bank gehöre. Doch selbst wenn die zwei Pakete die Wahrheit sagten – was war von einem Hausbesitzer zu halten, der sich ins beschauliche Kreuzberg 61 zur Besichtigung einer Immobilie, deren Mietergemeinschaft fast ausschließlich aus Akademikern, Kulturschaffenden und Rentnern bestand, von zwei bewaffneten Leibwächtern begleiten ließ? Mit ihren kahlrasierten Köpfen, den Spiegelbrillen und den engen, ebenso ihre muskulösen Körper wie – ob mit Absicht oder nicht – die Pistolenhalfter betonenden Sportanzügen wirkten sie in dieser Straße, in diesem Hinterhof wie zwei Pitbulls, die man aus Versehen in den Streichelzoo gelassen hatte.

Das Beunruhigende für Eddy war, dass es nur einen im Haus gab, bei dem er sich eine Verbindung zu solchen Knochenbrechern vorstellen konnte: nämlich ihn. Über die Jahre waren eine Menge Leute zusammengekommen, die der Ansicht sein mussten, er schulde ihnen etwas. Oder es handelte sich um Abgesandte einer großen Organisation, die ihn unter ihr Kommando nehmen, wenn nicht ganz aus dem Geschäft drängen wollte. Es wäre nicht der erste derartige Versuch gewesen... Tja, Herr Stein, Sie haben sich da eine nette kleine Firma aufgebaut, verschiedene Tricks, verschiedene Maschen, wir beobachten Sie schon länger, besonders die Blindennummer macht uns immer viel Spaß – doch hier ist das Problem: Fast alle Ihre Aktivitäten erstrecken sich auf Orte, die zu unserem Revier gehören: Hauptbahnhof, Friedrichstraße, Unter den Linden, Scheunenviertel... Verstehen Sie? Wir haben da 'ne Menge anständiger Jungs im Einsatz, die sich den Arsch aufreißen, um mit traditionellem Handwerk auf einen akzeptablen Tagesverdienst zu kommen, und dann taucht 'n Klugschwätzer wie Sie auf und räumt bei 'nem schönen Mittagessen zehntausend Euro ab. Erklären Sie das mal 'nem Familienvater, der den ganzen Tag darauf hofft, dass in einem dieser bunten Touristenrucksäcke mehr ist als 'ne Flasche

Evian und 'n scheiß Starbucks-Brownie. Na, und darum haben wir uns überlegt, dass wir Sie bei uns mitmachen lassen und Sie dafür wie alle Besserverdienenden in die Sozialkasse einzahlen. Daraus werden die Gehälter in der Verwaltung beglichen und, wenn nötig, Anwälte, Arztbesuche und so weiter. Die andere Möglichkeit ist: Sie verziehen sich aus Mitte und beschränken sich auf Charlottenburg, den Ku'damm, Savignyplatz. Da kommen Sie doch eh her, kennen sich aus und können bei 'nem guten Glas Rotwein in Ruhe irgendwelche ollen Film- und Theaterfuzzis ausnehmen. So, das wär's dann, glaube ich. Ach nein, Moment, es gibt natürlich noch 'ne dritte Möglichkeit, und zwar: Wir kloppen Sie so zusammen, dass Sie froh sein können, wenn sich später noch irgend'ne Hütchenspielerbande findet, die Sie als Aufpasser nimmt...

Eddy blieb auf dem Treppenabsatz im ersten Stock stehen. Von oben waren Schritte zu hören gewesen. Nun klopfte es, und ein Mann sagte in drängendem, halblautem Flüsterton: »Romy! Bitte, Romy, mach auf!«

Romy? Im zweiten Stock wohnte Ahmed von Lit-Games mit seiner Freundin Rosi und gegenüber seit einem Monat ein neuer Mieter oder eine neue Mieterin. Eddy war ihm oder ihr noch nicht begegnet. Einmal hatte er im Vorbeigehen Jamie T aus der Wohnung gehört und gedacht, ein wenig junges Blut könne der Wartenburgstraße nur guttun.

Romy. Am Briefkasten stand D. Miller. Für einen Augenblick hatte Eddy die Vision von einem durchgedrehten Deger- oder Dregerlein, der sich in das Foto in Eddys Brieftasche verliebt, den angeblichen Namen seiner angeblichen Frau vergessen und irgendwie seine Adresse herausgefunden hatte: Mach auf, Romy, ich muss dich vor deinem Mann retten, er ist ein Verbrecher, komm mit mir nach Bochum, ich mach dich glücklich! Natürlich war das Unsinn. Trotzdem nahm sich Eddy vor, das Foto auszuwechseln. Der verwirrende Effekt wog das Risiko nicht auf. Irgendwann würde einer das Foto schon mal irgendwo gesehen haben und sich hundertprozentig sicher sein, dass es Romy Schneider und ihren Sohn zeigte.

»Mach jetzt bitte auf! Ich weiß, dass du da bist, Romy!«

War es der Hausbesitzer? Der angebliche Hausbesitzer? Nach erneutem Hören war sich Eddy sicher, die Stimme nicht zu kennen, und in Anbetracht des bis aufs Wochenende normalerweise recht überschaubaren Besucheraufkommens im Haus nahm er an, dass es sich um das Schutzobjekt der Pitbulls handelte.

Eddy schlich weiter die Stufen hoch, bis er vom nächsten Treppenabsatz neben einer original Walfängerharpunenkanone aus dem neunzehnten Jahrhundert – Lit-Games entwickelte zurzeit eine *Moby-Dick*-Adaption – Rücken und Hinterkopf des Mannes sehen konnte. Er trug ein perfekt sitzendes dunkelblaues Nadelstreifensakko, und die kurzen grauen dichten Haare waren auf jene unauffällige, präzise Weise frisch geschnitten, bei der nur ein Kenner den kürzlich erfolgten Friseurbesuch bemerkte. Eddy war ein Kenner – in seinem Job musste er es sein. Frisuren, Kleider, der Gang, der Zustand der Fingernägel, die Art, zu essen, zu sitzen, herumzustehen, eine Fliege zu verjagen – viel brauchte er nicht, um sich ein ungefähres Bild vom Charakter, der sozialen Stellung oder dem Befinden einer Person zu machen.

Aus dem Wenigen, was er von dem Mann eine Treppe über ihm sah, schloss Eddy auf jemanden, der eine Menge Geld besaß, allerdings noch nicht lange genug, geschweige denn von Geburt an, als dass er sich keine Gedanken mehr darüber machte. Anders gesagt: Er hatte zwar schon das Format für einen Haarschnitt, dessen Klasse daran zu erkennen war, dass er kaum zu erkennen war, konnte es sich aber noch nicht verkneifen, in einer Umgebung wie Kreuzberg 61 und zu einem offenbar privaten Anlass mit einem Mehrere-Tausend-Euro-Anzug darauf hinzuweisen, wie weit er es im Leben gebracht hatte. Nach Eddys Überzeugung hätte jener Mann, der dieser sein wollte, an dem Ort und in der Situation – sei Romy nun die Exfrau, die Geliebte, die Tochter oder die von der Ehefrau beleidigte Haushälterin – Cordhosen oder Jeans und ein sportliches Hemd getragen. Abgesehen davon, dass ihm keine Leibwächter untergekommen wären, die aussahen wie Zuhälter.

Einer für die Brit-Show, dachte Eddy, für den sich Emporkömmlinge aller Länder erfahrungsgemäß darin glichen, dass sie der britischen Lebensart zuneigten: Anzüge und Hemden aus London, Malt-Whisky, die *Sunday Times,* Roastbeef und Orangenmarmelade. Als hofften sie, sich auf diese Weise einen Lord-Stammbaum zu erschleichen. Natürlich erwog Eddy keine Sekunde, ausgerechnet hier, direkt vor seiner Wohnungstür, eine krumme Tour zu versuchen, doch vielleicht traf man sich außerhalb Kreuzbergs bei einer günstigen Gelegenheit wieder, und dann wollte er einen Anknüpfungspunkt haben. So viel Geld lief einem selten über den Weg.

Und darum rief er nun, während er mit lautem Schritt das nächste Stück Treppe hinaufstieg: »Oh, unser neuer Nachbar! Herr Miller, nehme ich an, sehr erfreut! Habe mich schon gefragt, ob Sie womöglich mit Horace Miller verwandt sind, dem berühmten walisischen Philosophen und Ruderer...«

Ungefähr bei ›Horace‹ hatte der Mann sich Eddy zugewandt, und nur einem jahrelangen eisernen Mienentraining, bei dem es im Wesentlichen darum ging, während der Arbeit niemals echte Gefühle im Gesichtsausdruck zuzulassen, hatte Eddy es zu verdanken, dass ihm nicht mitten im Satz die Kinnlade runterklappte. Vor ihm – oder besser gesagt: über ihm – stand Horst König, *Berlins* – wie die BZ vor ein paar Tagen getitelt hatte – *Stadtfeind Nummer eins*.

»Bitte?«, fragte König gereizt, vom fast flehenden Romy-mach-auf-Ton keine Spur mehr.

»Horace Miller, der berühmte...«

»Ja, ja, Ruderer! Was wollen Sie?!«, herrschte er Eddy an.

»Ich... nun...« Eddy räusperte sich, bemüht, seine Überraschung in den Griff zu kriegen. »Ich wollte mich schon seit einer Weile bei Ihnen vorstellen. Ich bin Ihr Nachbar von oben, und...«

»Wie kommen Sie darauf, ich könnte Ihr Nachbar sein? Würde ich dann hier klopfen?«

»Oh...«, machte Eddy und schaute einen Moment lang dumm drein. Der Moment half ihm, sich zu sammeln. »Natürlich, jetzt wo Sie's sagen ... Muss daran liegen, dass ich mich, als ich Sie dort vor der Tür sah, so gefreut habe, Sie endlich kennenzulernen – also, nicht Sie, sondern...«

»Ihren Nachbarn, verdammt! Sind Sie denn völlig bekloppt?!«

Eddy zuckte mit dem Kopf zurück und öffnete empört den Mund. Dann schluckte er deutlich und tat so, als bemühe er sich, nicht beleidigt zu sein. Dabei fand er es nur verständlich, dass König zurzeit kein Beispiel an freundlicher Gelassenheit abgab. Andererseits wirkte es, als ob dies auch sonst sein üblicher Ton mit Leuten sei, von denen er annehmen musste, sie stünden auf der Erfolgsleiter nicht ganz so weit oben wie er: Firmen in den USA und Europa, Global Player, aufgemacht, zugemacht, potz Blitz! – da hatte man ja wohl das Recht, irgendwelchen Würstchen Zunder zu geben!

Ist eben so, dachte Eddy: einmal Neukölln, immer Neukölln, und wenn du dir den Single-Malt noch so lauwarm reinhaust! In den Zeitungen stand, dass Königs über achtzigjährige Mutter immer noch beim Hermannplatz wohnte.

»Tut mir leid, wenn ich Sie verärgert habe. Das lag nicht in meiner Absicht. Tatsächlich wollte ich Ihnen ein gutes Gefühl für den Rest des Tages mitgeben, aber das scheint ja nun nicht geklappt zu haben. Kann ich Ihnen dafür vielleicht weiterhelfen? Suchen Sie jemanden? Ich kenne so ziemlich alle im Haus.«

König hielt inne, wobei der Ärger in seinem Gesicht leichter Verblüffung wich. Dann musterte er Eddy unverhohlen von oben bis unten, die etwas zu langen, in die Stirn gekämmten glatten, graublonden Haare, den bunten Kenzo-Schal, den moosgrünen Dufflecoat, den einfachen Silberring, die weichen Wildlederschuhe, während Eddy tapfer lächelnd die Knie gegeneinanderdrückte, damit es wirkte, als hätte er X-Beine.

»So«, sagte König schließlich, »nur meine Tochter kennen Sie anscheinend nicht.«

»Ihre Tochter?« Eddy sah zwischen beiden Wohnungstüren hin und her. »Meinen Sie Rosi, die Freundin von Ahmed?«

»Die Freundin von Ahmed!« König lachte trocken. »So weit kommt's noch!«

»Verstehe«, sagte Eddy. »Dabei ist Ahmed ein sehr gutaussehender, sehr erfolgreicher...«

»Hören Sie schon auf! Meine Tochter heißt Romy und wohnt hinter dieser Tür hier. Schlimm genug. Sie ist Ihr neuer Nachbar.«

»Ach so...« Eddy guckte, als ginge ihm ein Licht auf. Bis er plötzlich die Augen zusammenkniff und misstrauisch die Stirn runzelte. »Aber am

Briefkasten steht D Punkt Miller. Also D wie Dora und nicht R wie Romy...«

»Na und? Meine Tochter heißt mit Nachnamen auch nicht Miller. Ihre Art, sich abzunabeln. Kann an den Briefkasten schließlich schreiben, was sie will.«

»Nun, das stimmt natürlich. Andererseits – sehen Sie, Herr...« Eddy hielt fragend inne.

König verzog keine Miene. Nur sein Blick in Eddys Augen wurde eine Spur schärfer. »Mein Name tut nichts zur Sache.«

»Oh«, sagte Eddy, »das sehe ich aber anders.«

»Ach was...!«

»Ja. Denn es ist nun mal folgendermaßen: Wir sind hier so was wie eine große Familie, und wir sind es nicht gewohnt, dass Unbekannte im Treppenhaus stehen. Hier wohnen Kinder und alte Menschen, für deren Sicherheit wir uns alle verantwortlich fühlen. Verstehen Sie?«

»Wollen Sie mich verarschen?«

»Überhaupt nicht. Wenn Sie möchten, kann ich Ihnen das gerne genauer erklären. Da Sie mir allerdings Ihren Namen nicht verraten wollen, muss ich wegen erwähnter Verantwortung für die Haussicherheit darauf bestehen, dass wir unser Gespräch draußen fortsetzen. Am besten in einem nahe gelegenen Café. Und falls es wirklich Ihre

Tochter ist, die jetzt dort wohnt, dürften Sie ja nur froh sein, dass sie in ein Haus gezogen ist, dessen Bewohner so gut aufeinander aufpassen und füreinander da sind. Haben Sie zum Beispiel von der älteren Dame gelesen, die in ihrer Villa im feinen Schlachtensee ausgeraubt und erschlagen wurde und deren mumifizierte Leiche man erst vier Monate später entdeckt hat? Tja«, Eddy hob triumphierend die Augenbrauen, »vielleicht erklingt bei uns in Kreuzberg nicht aus jeder zweiten Wohnung ein Streichquartett, aber so was passiert hier nicht!«

Selbstverständlich rechnete er nicht damit, dass Horst König mit ihm Kaffee trinken oder auch nur nach draußen gehen würde. Er selbst hatte nicht das geringste Interesse daran. Er wollte nur, dass König sich, sollte er ihm irgendwo noch mal begegnen, an den durchgeknallten Kreuzberg-61-Blockwart erinnerte. Alles Weitere hinge von den Umständen ab. Jedenfalls würde allein die Erinnerung König einen Augenblick stutzen lassen, und vielleicht, so spekulierte Eddy, könnte er sich durch dieses Zeitfensterchen mittels einer charmanten Überrumpelung für eine Weile in Königs Leben winden – so lange, bis er einen Weg gefunden hätte, einige Monatsgehälter abzugreifen.

So weit so gut, blieb noch ein möglichst eindrücklicher Abschied, und dann ab in den wohlverdienten Feierabend.

So dachte Eddy jedenfalls, drückte aufs Gaspedal und scherte wieder ein auf die gerade, von bunten Wiesen gesäumte Landstraße. Dabei entging ihm, wie sich in Königs Miene ein Verdacht abzeichnete, und als Eddy ihn das nächste Mal konzentriert ansah, überraschte ihn die Wut in Königs Gesicht.

»Was für 'ne Scheiße erzählst du mir hier eigentlich?!«

»Verzeihung?«

»Jetzt kapier ich endlich. Weil, so doof kann ja keiner sein. Du spielst mir hier 'ne kleine Nummer vor, was?!«

König trat einen Schritt vor, so dass er nun an der Treppenkante und direkt über Eddy stand. Eddy zwang sich, keinen Zentimeter zu rücken, obwohl es unangenehm und ein wenig beunruhigend war, Königs Atem auf der Stirn zu spüren.

»Du steckst mit meiner Tochter unter einer Decke, nicht wahr?! Bist vielleicht ihr beschissener Freund oder was?!«

»Na, aber Herr...«

»Leck mich am Arsch! Du weißt ganz genau, wer ich bin! Kleb doch auf jeder zweiten Plakatwand!«

»Ich habe keine Ahnung, wovon Sie reden.«

»Sag mir sofort, wo meine Tochter ist?!«

»Ich kenne Ihre Tochter nicht.«

»Das denke ich aber doch! Sonst wolltest du mich hier doch nicht auf diese völlig behinderte Art weglotsen!«

»Ich glaube nicht, dass mir Ihre Ausdrucksweise gefällt.«

»Ach nein, du Arschloch?!«

Na…! Eddy war ehrlich erstaunt. Setzte man sich wegen oder trotz dieses Vokabulars in der internationalen Geschäftswelt durch? *Hi, my name is King, I am from Neukölln and I want to buy your fucking factory – tell me the price, asshole!*

»Hören Sie«, sagte Eddy versöhnlich. Er wollte nun bloß noch weg. Jeden Augenblick meinte er die Pitbulls zu hören, wie sie die Treppe heraufsprangen. »Ich schwöre Ihnen, ich habe Ihre Tochter noch nie gesehen. Aber sollte ich demnächst ihre Bekanntschaft machen, kann ich ihr, wenn Sie das wünschen, gerne etwas ausrichten.«

Es war nur eine Floskel, und eigentlich hatte Eddy vorgehabt, sich gleich im Anschluss mit einem »Überlegen Sie sich's, ich bin oben in meiner Wohnung, Sie können gerne klingeln« an König vorbeizuschieben. Stattdessen klatschte ihm wie aus heiterem Himmel Königs flache Hand ins Gesicht. Eddy war so verdutzt, dass er einige Sekunden ernsthaft überlegte, ob es Königs Absicht gewesen war oder ob er unter irgendwelchen krankheitsbedingten Reflexen litt.

»So?! Was ausrichten willst du ihr?! Obwohl du sie angeblich gar nicht kennst, du verlogenes Stück?! Richte ihr sofort aus, dass ich sie sehen will! Jetzt! Ich werde nachher abreisen und muss ihr vorher etwas geben! Ist sie in deiner scheiß Wohnung?«

»In meiner Wohnung?« Eddy strich sich über die getroffene Wange. »Sagen Sie, nehmen Sie irgendwelche Drogen?«

König stutzte, ehe er endgültig die Kontrolle verlor. Er schlug Eddy mit beiden Händen abwechselnd ins Gesicht, während er brüllte: »Bring mich zu meiner Tochter! Was hat sie dir über mich erzählt, dass du glaubst, hier so einen Penner aus mir machen zu können?! Denkst, du kannst dich an der durchgeknallten Tochter vom großen König gesundstoßen, was?! Da hast du dich aber geschnitten, du Schwein…!«

Eddy dachte noch mit einem gewissen Respekt, dass König, wie man so sagt, von altem Schrot und Korn sei, einer, der für eine kleine Abreibung nicht extra seine Leibwächter bemühte, sondern selber Hand anlegte, ehe er – nach wie vor zwei Treppenstufen unter König stehend – ausholte und ihm seine Faust in den Schritt rammte.

Im Grunde keine große Sache: Ein kräftiger Schlag auf die Hoden, ein paar Minuten Schmerzen, ein bisschen Atemnot – in Königs Alter vielleicht ein bisschen mehr –, eine Weile auf dem Boden sitzen und keuchen, und schon beruhigte sich das Gemüt, und eventuell konnte man sogar noch mal versuchen, vernünftig miteinander zu reden. So jedenfalls sah Eddy die Situation während der Sekunden, in denen König halb zusammengekrümmt, die Hände zwischen den Beinen, den Mund zum stummen Schrei geöffnet über den Treppenabsatz torkelte. Eddy dachte sogar noch: Wirklich ein toller Anzug, selbst in dieser Haltung fällt der Stoff perfekt.

Doch dann geriet König über seine eigenen Beine ins Stolpern und versuchte sich an der Wand abzustützen, als seine Füße plötzlich auf den glatten Ledersohlen seiner handgenähten Schuhe über den hundert Jahre alten, abgetretenen und mindestens ebenso glatten Holzfußboden wie auf einer Eisfläche nach vorne rutschten und König ohne Halt und ohne Zeit, mit den Armen den Sturz abzufangen, nach hinten fiel. Aber auch so wäre alles noch im grünen Bereich gewesen – höchstens, dass König sich beim Aufprall vielleicht die Hand gebrochen oder die Schulter verrenkt hätte –, wenn nicht ausgerechnet an diesem Tag vor Ahmeds und Rosis und der Firma Lit-Games Tür die gusseiserne, etwa einen Meter hohe Walfängerharpunenkanone gestanden hätte. *Moby Dick – The game* sollte sich durch möglichst wirklichkeitsgetreue Bilder und Animationen auszeichnen. Zwei Antiquitätenhändler hatten die Kanone am Vormittag geliefert.

Königs Hinterkopf schlug mit voller Wucht auf das schwarze Rohr. Es machte ein dumpfes, leicht knackendes Geräusch, der Kopf knickte vor und drückte sich, während der Rumpf langsam an der Kanonenhalterung zu Boden glitt, mit dem Kinn in Königs Brust. Als König zwischen Kanone und Flurwand liegenblieb, kippte der Kopf nach hinten, bumste auf die Holzdielen, und die Augen blieben offen.

Eddy starrte auf den reglosen Körper. Um die grauen Haare bildete sich schnell eine rote Lache. Obwohl im Hinterhof wie immer Vögel zwitscherten und ein offenes Treppenhausfenster im Wind quietschte, herrschte für Eddy völlige Stille. Nach einer Weile räusperte er sich, so wie er sich in einem dunklen, ihm unbekannten Keller geräuspert hätte. Dann lehnte er sich übers Geländer und lauschte ins Treppenhaus hinunter. Von den Leibwächtern war nichts zu hören.

Noch nichts. Bis sie sich fragten, wo ihr Chef blieb, und ihn suchen gingen und sich an den Bekloppten mit der Jutetasche erinnerten, der als Letzter das Haus betreten hatte. Anschließend Polizei, Fernsehen, Schaulustige – Königs Tod, der Tod des *Stadtfeinds Nummer eins*, der *Neuköllner Heuschrecke*, eine Sensation, wochenlang in den Schlagzeilen, und sie würden nicht ruhen, ehe der Fall geklärt wäre. Tag, Herr Stein, Kriminalpolizei, Sie sind also Straßenmusiker, vorbestraft und haben zur Tatzeit das Haus betreten – erzählen Sie doch mal...

Eddy wandte sich zurück zum Treppenabsatz. Inzwischen hatte Königs Kopf aufgehört zu bluten. Die Lache lag reglos und glänzend. Eddy atmete tief durch, horchte noch einmal ins Treppenhaus hinauf und hinunter, ehe er die Jutetasche über den Rücken hängte und vor König auf die Knie ging. Er schob seine Arme unter den dunkelblauen Nadelstreifenanzug, wuchtete den schlaffen Körper hoch und warf ihn sich auf die Schulter.

Ein paar Minuten später kehrte er mit nassen Lappen zurück und wischte, so gut es ging, das Blut vom Boden und von der Kanone. Ich habe Horst König umgebracht, dachte er immer wieder und schüttelte den Kopf.

Arkadi

Eddy stand im Schlafzimmer und spähte durch den Spalt zwischen zwei geschlossenen Vorhängen hinunter in den Hof. Königs Leibwächter befanden sich immer noch beim Eingang zum Hinterhaus, doch ihren Gesten war zu entnehmen, dass sie sich langsam Sorgen machten und wahrscheinlich gerne etwas unternommen hätten. Sie gingen auf und ab, schauten auf ihre selbst aus dem dritten Stock noch groß wirkenden Uhren, klappten ihre Handys auf, sahen die Hauswand hoch, zuckten mit den Achseln, hoben hilflos die Arme.

Wenn König wirklich auf der Suche nach seiner Tochter gewesen war, hatte er vielleicht angeordnet, ihn unter keinen Umständen zu stören. Familienangelegenheit. Wie hatte er erklärt? *Meine Tochter heißt mit Nachnamen auch nicht Miller. Ihre Art, sich abzunabeln.* Zudem wohnte sie im für viele nach wie vor linken, alternativen Kreuzberg, war zur vermutlich vereinbarten Verabredung in ihrer Wohnung nicht erschienen, und ein

Despot wie König flehte: Bitte Romy, mach auf! Das ließ doch sehr auf ein Mädchen schließen, das ihren Vater auf Tochterart unterm Pantoffel hatte und von dessen Lebensführung und gesellschaftlichem Rang nicht allzu viel hielt. Oder dies zumindest vorgab. Vielleicht war sie klug genug, um zu wissen, dass in Familien die Schwierigen oft am meisten abbekamen.

Jedenfalls repräsentierten Leibwächter – besonders wenn sie auftraten wie die zwei – fast alles, was man an Königs Existenz moralisch und ästhetisch bedenklich finden konnte. Und so hoffte Eddy, König habe etwas gesagt wie: Hört zu, Jungs, selbst wenn's 'ne Weile dauert, was gut sein kann, ich möchte auf gar keinen Fall, dass meine Tochter euch sieht. Ihr wisst ja, sie hat ihre eigenen Ansichten zu den Dingen. Und heute Abend reden wir mal über eure Klamotten...

Doch wie genau sie seine Anordnungen auch befolgten, irgendwann mussten sie sein Verschwinden melden, und früher oder später würde die Polizei das Haus auf den Kopf stellen.

Eddy wandte sich von den Vorhängen ab und sah auf die Bettdeckenrolle am Boden, aus der Königs handgenähte Schuhe ragten. Daneben lagen Königs von Eddy auf lautlos gestelltes Handy, eine Rolex, ein Taschenspiegel, ein zusammenklappbarer Kamm, eine Schachtel Zigarillos, Streichhölzer, eine Packung Zahnseide und ein Briefumschlag mit Fotos. Beim schnellen Durchblättern hatte Eddy grüne tropische Landschaften, ein großes Farmhaus mit Säulen vorm Eingang und einen Teich mit Schildkröten gesehen.

Als Eddy Königs Kleider vor kaum fünf Minuten durchsucht, ihn anschließend in die Decke gerollt und mit Paketband umwickelt hatte, war er einen Moment lang kurz davor gewesen, alles hinzuschmeißen – den nächsten Flug nach Afrika zu nehmen, das Haus anzuzünden oder Königs Leiche aus dem Fenster in den Hausmeistergarten zu werfen, sich ins Bett zu legen und zu beten, dass man ihn einfach vergessen würde. Schließlich riss er sich zusammen, und es gelang ihm sogar, die Möglichkeit, König an den Leibwächtern vorbeizuschaffen, indem er ihn irgendwie in kleine Teile zerlegte, einigermaßen kühl zu bedenken. Allerdings besaß er außer einer Geflügelschere nichts, was ihm dabei als Werkzeug dienen konnte.

Aber egal wie, und sei es am Ende mit Hilfe der Geflügelschere – König musste so schnell wie möglich aus dem Haus raus.

Zum wiederholten Mal ging Eddy alle ihm bekannten Tricks und Manöver durch, in der Hoffnung, etwas zu finden, was sich den Umständen anpassen ließ. Dabei kam er sich vor wie ein Zauberer, der sein Leben lang mit Kaninchen, Münzen und Spielkarten gearbeitet hatte und nun unvorbereitet vor der Aufgabe stand, einen Elefanten von der Bühne verschwinden zu lassen.

Bis ihm das gute alte Hütchenspiel wieder einfiel. Als knapp Zwanzigjähriger hatte er sich damit an französischen Mittelmeerbadeorten die Sommerferien verdient, ehe das Spiel Anfang der Neunziger mit einer Masse mittelloser jugoslawischer Bürgerkriegsflüchtlinge seinen Siegeszug durch die europäischen Fußgängerzonen und Rotlichtbezirke angetreten hatte und für Feinbetrüger wie Eddy nicht mehr in Frage kam. Das Spiel ging so: Ein Spielmacher zeigte dem Publikum ein Papierkügelchen, legte es unter eines von drei Plastikhütchen, schob die Hütchen einige Male schnell hin und her und machte die Zuschauer glauben, dass sie, wenn sie nur genau genug aufpassten, sagen konnten, unter welchem der drei Hütchen sich am Ende das Papierkügelchen befand. Gib hundert Euro, mein Freund, ist das Kügelchen dort, wo du denkst, kriegst du zweihundert zurück... Tatsächlich klemmte das Kügelchen zu diesem Zeitpunkt längst unter dem Daumen des Spielmachers.

Eddy sah auf die Uhr, es war kurz vor sechs. Die meisten Läden hatten bis acht geöffnet. Eddy hoffte, dass es bei Möbelgeschäften nicht anders war. Blieb ihm ungefähr eine Stunde, das Ganze in die Wege zu leiten.

Als Erstes rief er Arkadi an. Er war sein Partner bei Lover's Rock und sein bester Freund. Außerdem besaß Arkadi einen Lieferwagen. Auch ihn konnte Lover's Rock allein nicht ernähren, und er betrieb nebenher einen Umzugs- und Entrümpelungsdienst.

Es gab nur ein Problem: Arkadi hatte oft genug erklärt, er wolle mit Eddys beruflichen Aktivitäten jenseits ihres Gitarrenduos nicht das Geringste zu tun haben. Er liebe seine Frau und seine zwei Kinder, das eigene Häuschen mit Garten in Britz sei fast abbezahlt, jedes Jahr im Februar verbringe er vier tolle Wochen mit der Familie in Florida, und mit Lover's Rock und ihren öffentlichen Auftritten habe er sich einen Jugendtraum erfüllt – kurz, er sei zufrieden mit seinem Leben, jedenfalls zufrieden genug, um es nicht durch Mitwisser- oder Zeugenschaft bei irgendwelchen Abzockereien in Gefahr zu bringen.

Was würde er sagen, wenn er erführe, dass Eddy ihn brauchte, um eine Leiche verschwinden zu lassen?

Nun, dachte Eddy, während er die Nummer in

den Hörer tippte, Arkadi würde es nicht erfahren, und ihm blieb keine Wahl: Er musste schnell machen, er hatte nur die eine Idee, wie er König aus der Wohnung schaffen könnte, und er kannte sonst niemanden mit Lieferwagen.

»Hey, Eddy«, rief Arkadi gutgelaunt, »gut, dass du anrufst: Das Konzert übermorgen am Winterfeldmarkt klappt, ich hab die Genehmigung.«

Bei Lover's Rock war Arkadi für sämtlichen Ämter-, Papier- und Organisationskram zuständig: Anträge, Bußen, Abrechnungen, Anfragen, Verträge, manchmal, wenn es aus Berlin raus zu Festivals oder Demonstrationen ging, Fahrkarten und Hotels, und immer erledigte er alles hundert Prozent korrekt und pünktlich. Bedachte man die Klischees, die den Russen häufig angehängt wurden, war Arkadi für scherzhafte, nicht allzu subtile Bemerkungen bezüglich seiner Herkunft in fast jeder Hinsicht ein Totalausfall. Nur singen konnte er.

Eddy hatte einen einfachen Plan. Ähnlich einem Billardprofi, der den Amateur die ersten Spiele mit niedrigen Einsätzen gewinnen lässt und erst aufdreht, wenn es um eine größere Summe geht, wollte Eddy sich von Arkadi anfangs bei einem Täuschungsmanöver erwischen lassen und ihm ein Gefühl der Überlegenheit geben, um ihn dann mit einem zweiten Manöver zu überrumpeln.

»Toll, Arkadi, danke. Gerade rufe ich aber wegen was ganz anderem an. Und zwar brauche ich dringend irgendwelche Möbel. Ist eigentlich egal was, auch fast egal in welchem Zustand, sie müssen nur mal teuer gewesen sein, und das soll man noch sehen.«

»Aha. Bin gerade im Lager. Warte mal… Zum Beispiel 'ne alte Kirschholzkommode, Handarbeit, ziemlich abgeranzt?«

»Perfekt. Vielleicht noch Ledersessel?«

»Ja, so Loungesessel, aber an mehreren Nähten kommt schon die Füllung raus.«

»Und ein Sofa?«

»Mehrere, aber fast alles Ikea-Schrott. Das heißt, eins habe ich, aus den Siebzigern, Holzlehnen, Cordbezug, das ist ganz schön.«

»Wunderbar. Hör mal, ich weiß, es ist ein Überfall und ziemlich viel verlangt, aber… Also, du würdest mir einen Riesengefallen tun, wenn du die Sachen so um sieben, halb acht bei mir zu Hause vorbeibringen könntest.«

»Sieben, halb acht? Ich wollte gleich zu 'nem Kunden, und um acht muss ich Adam vom Karate abholen. Was willst du überhaupt damit?«

»Das kann ich dir am Telefon so auf die Schnelle nicht erklären.«

»Ach so, verstehe. Vergiss es.«

»Nein, nicht, was du denkst. Also gut…« Eddy atmete tief und lautlos ein. Er hoffte, Arkadi würde das leichte Zittern in seiner Stimme nicht bemerken. Wenn irgendwas schiefginge, wäre es mit ihrer Freundschaft und Lover's Rock vorbei. Andererseits: Wenn Königs Leiche in den nächsten zwei, drei Stunden nicht wegkäme, wäre es mit ihm vorbei.

»Ich hab dir doch schon mal von meiner Tante Sophie in Schweden erzählt. Sie ist in Berlin und kommt mich heute Abend besuchen. Ihr Mann – also mein Onkel – Isaac ist im Möbelgeschäft, und ich brauche dringend neue Sitzmöglichkeiten, einen neuen Schrank und so weiter. Aber ich möchte das Thema nicht anschneiden, verstehst du? Doch wenn überall so angestoßenes, altes Zeug rumsteht, dann wird hoffentlich sie darauf zu sprechen kommen, und – na ja, du weißt, was ich meine. Und damit ihr Mann mir nichts allzu Hässliches schickt, sollte man schon noch sehen, dass ich Geschmack habe.«

Einen Moment lang hörte Eddy nur das Brummen von Motoren im Hintergrund. Neben Arkadis Lager befand sich eine Harley-Davidson-Werkstatt.

Dann sagte Arkadi in verändertem, tiefem, leicht genervtem Ton: »Und dein eigenes altes Sofa ist nicht alt genug, um Tante Sophie aus Schweden...«, er dehnte »Tante Sophie aus Schweden«, als gehörte sie zum Personal eines alten Witzes zwischen ihnen, »...darauf zu bringen, dass du vielleicht ein neues brauchst.«

»Na, sie ist schon über siebzig, und wie die Leute aus der Generation so sind – Kindheit im Krieg, Hunger, Armut: Da wird nichts weggeschmissen, was nicht schon fast zusammengefegt werden kann. Außerdem sieht sie schlecht. Mein Sofa käme ihr vor wie irgendein nagelneues Ding, auf dem spätestens beim nächsten Weltkrieg zur Not noch ein paar Verwandte auf der Flucht übernachten könnten. Abgesehen davon, dass mein Sofa stinkt wie die Hölle, aber das erzähle ich dir später.«

Wieder machte Arkadi eine Pause, und trotz des Motorenlärms konnte Eddy ihn seufzen oder stöhnen oder eine Mischung aus beidem hören. »Dein Onkel Isaac, hm?«

»Genau, so wie Isaac Hayes.«

»Klingt jüdisch.«

»Ja, hab ich dir nicht erzählt –«

»Nein, hast du nicht«, schnitt ihm Arkadi das Wort ab. »Mann, gehst du mir auf die Eier!«

»Äh... was?«

»Ach komm, Eddy! Verwandte auf der Flucht,

ja? Bei dem ganzen Quatsch, den du in den letzten Jahren von mir wolltest – Alibis, Transporte von gestohlenem Zeug, einmal sogar, dass ich Schmiere stehe – wär's ja wohl ein Wunder, wenn du deine jüdische Verwandtschaft bis heute nicht erwähnt hättest. Ist doch die perfekte Eddy-Nummer: Hey, wer weiß, vielleicht sind wir über'n paar Ecken sogar Cousins oder so was – und für 'n Cousin kannst du ja wohl mal 'n Moment in der Einfahrt stehen und sein Handy anrufen, wenn jemand kommt!«

Da hatte Arkadi recht. Die perfekte Eddy-Nummer – für Arkadi. Wusste Eddy. Es war wie Tsching Tschang Tschong: Er denkt, dass ich denke, dass er denkt Schere, also Stein, also Schere.

Etwas Besseres als die missglückte Ranschmeiße mit jüdischer Verwandtschaft war Eddy auf die Schnelle nicht eingefallen. Gewissermaßen die Seitenverkehrung einer alten Geschäftsidee.

Vor über zehn Jahren hatte Eddy deutschen Business-Schul-Absolventen und Kulturmanagementstudenten, also Leuten, bei denen er davon ausging, dass sie in ihrem Berufsleben international tätig sein und immer mal wieder auf ihre Herkunft und deutsche Geschichte angesprochen werden würden, Jüdische-Großmutter-Pakete angeboten. In einem solchen Paket befanden sich neben einem angestoßenen Chanukkaleuchter aus Aluminiumguss, einem zerfledderten Kochbuch für koschere Speisen, Erscheinungsdatum 1933, mit handschriftlichen Anmerkungen und Tipps an den Seitenrändern, mehreren vergilbten Schwarzweißfotos mit irgendwelchen Menschen um die dreißig drauf und einem leicht verbogenen Davidsternanhänger aus angelaufenem Silber ein Brief auf original Zwanziger-Jahre-Briefpapier, in dem der Großvater der Großmutter trotz ihrer Herkunft ewige Liebe schwört und – quasi als Gegenleistung – um Konvertierung zum Christentum bittet. Natürlich mit den original Großmutter- und Großvaternamen der Käufer. Die Idee hatte Eddy gehabt, als er im Laden von Herrn Schulz, seinem Charlottenburger Hehler, auf eine Kiste mit über zweihundert Exemplaren des Kochbuchs gestoßen war. Schulz verkaufte ihm die Kiste für damals hundert Mark, und in den folgenden Wochen zerfledderte Eddy abends beim Fernsehen ein Buch nach dem anderen und schrieb an die Ränder Sachen wie: »Nehm ein Drittel mehr Zucker«, »Schmeckt wie eingeschlafene Füße«, »Besser mit Olivenöl«. Die Chanukkaleuchter bestellte er im Großhandel und schlug mit dem Hammer Dellen und Kerben rein, die Davidsterne bekam er von einem Bekannten in Paris, der sie dort im Antiklook herstellte und als Originale an Touristen verkaufte, Fotos und Briefpapier trieb er bei verschiedenen Trödlern auf. Die Sache wurde ein großer Erfolg: Nach kaum eineinhalb Jahren waren sämtliche Pakete weg. Die ersten dreißig für hundertfünfzig Mark, doch mit gleichbleibendem Zuspruch hob Eddy den Preis kontinuierlich an, bis ihm das letzte Paket eine junge Kunsthändlerin aus Hildesheim für die – wie er selber fand – sagenhafte Summe von neunhundert Mark abnahm. Das war in den für solche Ideen goldenen Neunzigern gewesen, als viele Deutsche nach der Wiedervereinigung anfingen, nicht mehr nur, wie in den Jahrzehnten zuvor, so sein zu wollen wie alle anderen auf der Welt, sondern endlich auch mal wieder besser. Wären da bloß nicht die Vorfahren gewesen. Eddy bot quasi moralische Genmanipulation an. Einen seiner Kunden erkannte er Jahre später in einer Fernsehtalkshow, wo dieser – inzwischen zum Chefredakteur irgendeines Käseblatts aufgestiegen – von seiner jüdischen Großmutter erzählte und wie sehr ihr Schicksal sein Denken und Handeln geprägt habe.

Dabei waren Arkadi und seine Frau Lilly weder religiös, noch pflegten sie irgendwelche Traditionen. Jüdisch zu sein habe für ihr Leben keine Bedeutung, hatte Arkadi einmal gesagt, außer der, dass es in Deutschland eben eine Bedeutung habe.

Hinzu kam, dass sie zum Beispiel keine Wanderungen in der Mark Brandenburg unternahmen oder dort zum Abendessen in ein Dorfgasthaus einkehrten, obwohl sie das manchmal gerne gemacht hätten. Aber die Vorstellung, ein besoffener, kahlgeschorener Dorfjugendlicher könne sie als Juden beschimpfen – und zwar nicht, weil sie als jüdisch zu erkennen gewesen wären, sondern, weil »Jude« in vielen Orten dieses Landstrichs eben das gängige Schimpfwort für Fremde jeder Art war –, ließ sie doch lieber in einem Berliner Park spazieren und anschließend zum Italiener gehen.

Doch so ganz mit der keinen Bedeutung, wusste Eddy, stimmte das auch wieder nicht. Immerhin hatten sie ihren Sohn Adam vom Mohel beschneiden lassen – obwohl Arkadi die Nächte davor kein Auge zugetan und nicht aufgehört hatte, sich vorauseilend zu verfluchen, sollte etwas schiefgehen –, und seit der Beschneidungsfeier besaß Eddy seine eigene Kippa in den Farben von Arkadis und inzwischen auch Adams Karateclub, die er zu Arkadi mitbrachte, wenn zum Beispiel Lillys Eltern aus Frankfurt zu Besuch waren und es freitagabends Sabbatessen gab.

Mal hatte es also eine Bedeutung, mal keine, und es war Eddy auch ganz egal, nur glaubte er eben – tsching, tschang, tschong –, dass Arkadi glauben konnte, Eddy könne glauben, er, Arkadi, würde etwas, und sei es etwas noch so Geringes, empfinden, wenn Eddy jüdische Verwandschaft hätte. Dass Eddy wusste, dass Arkadi das völlig gleich wäre, spielte dabei keine Rolle.

Eddy räusperte sich. »Du glaubst mir also nicht?«

»Nicht die Spur, und wenn du's genau wissen willst: Ich bin beleidigt, dass du versuchst, mir so 'nen Scheiß anzudrehen!«

»Okay, okay«, lenkte Eddy ein, »ich geb's zu, war dumm.«

»Aber wie! Was denkst du, wer ich bin? Lillys Eltern könntest du mit so was vielleicht beeindrucken.«

»Tut mir leid, Arkadi, es war nur ... ich dachte ...« Eddy seufzte. »Ach, ich weiß auch nicht, was ich dachte! Wahrscheinlich habe ich einfach gehofft, du fändest so 'ne Verwandtschaft interessant genug, um für den Moment mal zu vergessen, dass du mir bei meinen Jobs eigentlich niemals helfen würdest, selbst wenn deine Hilfe hundert Prozent legal wäre. Ich meine, ganz normales Geschäft, verstehst du? Ich kauf dir 'n paar alte Möbel ab und bezahl dich außerdem dafür, mein von Katzenpisse ruiniertes Sofa zu entsorgen ...« Eddy hielt kurz inne und versicherte sich, dass Arkadi nicht aufgelegt hatte. »Ist ganz einfach so: Es läuft für mich in letzter Zeit nicht besonders. Und wenn's so weitergeht, kann ich nächsten Monat meine Miete wieder nicht zahlen, und ich bin schon drei Monate im Rückstand. Gerade gestern habe ich einen Brief von der Hausverwaltung bekommen: Wenn das Geld bis Ende Mai nicht da ist, wollen sie mich rausklagen. Abgesehen vom Telefon. Tatsächlich ist es ein Wunder, dass ich dich noch anrufen kann. Ich hab schon die dritte Mahnung, und jeden Moment...«

Arkadi unterbrach ihn schroff: »Wozu brauchst du die Möbel, und seit wann besitzt du eine Katze?«

»Okay, Arkadi, aber sei mir nicht böse, wenn...«

»Bitte, Eddy, hör mit dem Gejammer auf!«

»Also gut. Erstens: Ich habe im Schlafzimmer einen Wasserschaden. Den Nachbarn von oben ist der Waschmaschinenschlauch geplatzt. Keine große Sache, aber groß genug, dass zwei, drei Möbel was abbekommen haben könnten. Und weil so was schnell festgestellt werden muss, kommt noch heute Abend der Typ von der Versicherung vorbei. Na ja, da hätte ich eben gerne ein paar zu ersetzende, bei Neuanschaffung teure Möbel. Ich weiß, es klingt erbärmlich, aber zurzeit ist das eben mein Niveau. Vielleicht kommt ja übermorgen am Winterfeldmarkt ein bisschen was rein. Und was das

Sofa betrifft: Ich hab gestern einfach vergessen, die Balkontür zu schließen, und die Katze von meiner Nachbarin ist mal wieder über den Baum rüber und hat sich mein Sofa als Urinal ausgesucht. Ich hab gedacht, am besten wir bringen's gleich zusammen auf den Müll.«

Einen Moment lang hörte Eddy wieder nur das Motorengebrumm. Dabei sah er Arkadis misstrauisch zusammengekniffene Augen vor sich: geplatzter Waschmaschinenschlauch, Katzenpisse – worum zum Teufel ging's hier eigentlich?

»Warum nicht ins Schlafzimmer? Ich denk, du brauchst Wasserschaden-Möbel.«

»Mit dem Gestank? Das wär 'n Zufall, den nimmt mir kein Versicherungsprüfer ab.«

»Und zur Reinigung? Ist doch 'n schickes Sofa.«

»Weil du die Katzenpisse aus den Polstern nicht mehr rauskriegst. Ich weiß, wovon ich rede: Meine Tante – also, meine echte Tante, ohne Scheiß, bei der ich als Kind die Sommerferien verbracht habe, ich hab dir von ihr erzählt –, jedenfalls hatte die zeitweise über zwanzig Katzen in der Scheune, und jedes Mal wenn sich eine ins Haus geschlichen hatte, konnte man anschließend irgendein Kissen oder Polster wegschmeißen. Katzenpisse ist wie Buttersäure – was damit voll ist, nehmen die bei der Reinigung gar nicht erst an.«

»Aha«, sagte Arkadi. Doch Eddy verstand: Dafür, dass nur 'n stinkiges Sofa weggeschmissen werden soll, laberst du aber 'ne Menge.

»Schon klar, Arkadi: Es ist – da will ich gar nicht drum herumreden – Versicherungsbetrug«, kam Eddy schnell zurück auf den Wasserschaden. »Wenn auch, na ja, also der schwerkriminelle Supercoup ist es nun auch wieder nicht. Eher so 'n Hausfrauenkniff: Da tropft das Wasser von der Decke, da kann man doch noch schnell die blöde alte Truhe mit den Kleidern fürs Rote Kreuz drunterstellen. Aber, Arkadi, ganz ehrlich, ich verstehe gut, wenn du findest, die Sache könnte dich – gerade auch in Bezug auf deine Familie – zu sehr belasten. Keine Ahnung, was Lilly davon halten...«

»Eddy, du bist ein Scheißkerl!«

Tatsächlich wussten beide, dass Lilly, was Schwindeleien betraf, sehr viel weniger Skrupel besaß als Arkadi. An einem warmen Sommerabend in Lillys und Arkadis Garten in Britz hatten sich Lilly und Eddy bei mehreren Flaschen Rotwein sogar mal eine berufliche Zusammenarbeit ausgemalt. Mit Lilly als Partnerin, einer sehr attraktiven Rothaarigen mit bezauberndem Lächeln und tollem Busen, eröffneten sich natürlich eine Menge Möglichkeiten. Kaum ein Mann wäre vor ihnen sicher gewesen. Selbst Arkadi, vom teuren

Bordeaux, den Eddy organisiert hatte, gelockert und beschwingt, hatte sich an den Planspielen beteiligt. Seitdem kamen Lilly und Eddy im Spaß immer mal wieder darauf zurück und erzählten sich neu ausgedachte Tricks. War er zugegen und ohne Bordeaux, beließ es Arkadi beim Schweigen und Stirnrunzeln.

»Okay«, sagte Arkadi schließlich. Er klang zwar immer noch verärgert, aber Eddy hörte auch einen versöhnlichen Unterton. Ob Arkadi ihm das Szenario aus Mietrückstand und dem Circa-tausend-Euro-Versicherungsbetrug nun abnahm oder nicht, allein der Aufwand, mit dem er versucht hatte, Arkadi die Geschichte zu verkaufen, dachte Eddy, war mitleiderregend.

»Wie wär's, ich bring dir einfach die Sachen rüber, die ich gleich beim Kunden abhole? Soll Designerzeug aus den Achtzigern sein. Passt doch, war sicher teuer, und es ist ja wohl egal, was genau, Hauptsache Möbel, oder?«

»Ganz egal.«

»Ich glaube, es ist sogar 'n Sofa dabei. Jedenfalls komme ich dann anschließend zu dir. Der Typ sitzt irgendwo in Schöneberg.«

»Mensch, Arkadi, es tut mir wirklich leid…«

»Hättest ja mal 'n bisschen eher was sagen können, dass es dir nicht so gut geht.«

»Ja«, erwiderte Eddy, während er das Gefühl hatte, jeden Augenblick umzukippen. Der erste und womöglich wichtigste Schritt zur Beseitigung Königs war getan, doch auf einmal schien ihn der Gedanke, wie viel mehr nun auf dem Spiel stand, zu erdrücken. Eben noch wäre es bloß ihm an den Kragen gegangen. Mit einem guten Anwalt womöglich nur für ein, zwei Jahre: fahrlässige Tötung, eigentlich ein Unfall, Strafmilderung wegen sofortiger, freiwilliger Meldung bei der Polizei, gute Führung, Bewährungsstrafe...

Das war natürlich Unsinn. Der gewaltsame Tod eines der meistgehassten und vermutlich reichsten Männer der Stadt würde kein Vorfall sein, der mal so schnell mit Bewährungsstrafe und gutem Willen vom Tisch käme. Trotzdem – was, wenn sein Plan nicht klappte? Wenn man sie mit Königs Leiche erwischte? Was würde aus Adam und Sally werden, falls ihr Vater wegen Beihilfe für mehrere Jahre ins Gefängnis käme? Was aus Lilly? War er dabei, die glückliche Familie seines besten Freundes zu zerstören?

Arkadi sagte: »Auf dem Weg zur Müllhalde holen wir dann schnell Adam vom Karate ab. Kann er uns helfen. Das macht ihm sicher Spaß. Und dich sieht er ja eh gerne.«

»Oh-kay.«

Das Hütchenspiel

Ja, ein Sofa, Dreisitzer, irgendwas Italienisches, verstehen Sie, was Schickes. Kann ruhig 'n Ausstellungsstück sein. Aber nur, wenn ich's noch heute geliefert bekomme... Ja, heute... Ich weiß, dass es schon halb sieben ist, aber Sie haben doch bis acht geöffnet, oder?... Na also. Nennen Sie mir 'n Preis, und ich bezahl ihn – und zwar cash auf die Kralle, keine Quittung... Klar, Lieferkosten noch dazu, hauen Sie nur ordentlich was drauf. Mein Motto: Sollen am Ende alle zufrieden sein... Sicher dürfen Sie das: Wir sind 'ne Kinofilmproduktion und schmeißen heute Abend 'ne wichtige Party. Dabei sollen Verträge unterschrieben werden, richtig fette Dinger, wenn Sie verstehen, was ich meine. Einen Nägel-mit-Köpfen-Abend nenn ich das immer. Sie haben doch sicher mitgekriegt, dass Brad Pitt und Angelina Jolie in der Stadt sind?... Ja, genau, stand in der Zeitung. Na, und da können Sie sich wohl denken, dass die nicht mit 'm Arsch auf 'm Boden hocken wollen...« Eddy lachte. »... Nee, da hätte ich auch nichts dagegen. Und dann schön den Schaukelstuhl machen, ne? Hä-hä. Aber ob Brad das in Ordnung finden würde... Nee, nee, total hetero. Also, Herr Savičević, wann kann ich denn nun mit dem Sofa rechnen?... Ich nehm's auch unverpackt, und selbst wenn's an den Füßen 'n paar Kratzer hat – wir machen hier lichtmäßig eh alles mit Kerzen, das sieht keiner. Nur keine Flecken. Wissen Sie, was Angelina gestern zu mir gesagt hat? Das bleibt aber unter uns. Also: Sie hasse Flecken, bis auf den – wie hat sie ihn genannt? Den Lustflecken! *The pleasure spot!*... Ja, genau! Können Sie sich das vorstellen? Angelina Jolie? Auch wenn sie dann hinzugefügt hat, es müsse die Hose ihres Mannes sein, aber na ja... Bitte?... Ah, verstehe. Na klar geht das. Dann sollten Sie das Sofa aber bis spätestens zwanzig vor acht vorbeibringen. Da checkt Angelina das kalte Büffet wegen Cholesteringehalt und ob alles Bio ist und so – Amerikanerin eben. Und wenn es bei solchen Stars heißt, halb bis zwanzig vor, dann bedeutet das keine Minute früher oder später. Nicht, dass Sie sie dann gerade um 'n paar Sekunden verpassen... Ja, sagen Sie schnell... Modell Madagascar, hellbrauner Bezug – klingt doch prima. Wie lang? Zwei zwanzig?... Wunderbar. Dann laden Sie das Ding doch gleich auf und kommen her...«

Eddy nannte seine Adresse, dritter Stock, Hinterhaus, und Herrn Savičevićs kurzes Zögern überraschte ihn nicht. In bemüht neutralem Ton fragte der Verkaufsleiter des Möbelgeschäfts ›Wohnen mit Spaß‹ in Steglitz, ob er richtig verstanden habe, Wartenburgstraße in Kreuzberg 61?

»Sie denken, ist 'ne komische Adresse für 'ne Filmproduktion unserer Kategorie, was? Ist nur vorübergehend, 'ne Dependance, wenn man so will. Darum haben wir ja auch nicht genug Möbel. Eigentlich sitzen wir bei den Hackeschen Höfen, und ehrlich gesagt ist es in Kreuzberg von den Rahmenbedingungen her nicht einfach für uns: Die Limousinen passen nicht durch die Einfahrt, keine vernünftige Cocktailbar weit und breit, und überall wohnen Lehrer und Kindergärtnerinnen, und wenn man da nach elf noch einen draufmachen möchte ... Aber gut, Angelina und Brad wollten unbedingt das Kreuzberg-Feeling, und nach 36 konnten wir nun wirklich nicht gehen. Ich meine, nachher stürzt sich noch irgend so 'n Fixerpunk oder 'ne Türkengang auf Angelina – das wär dann wohl 'n bisschen viel Kreuzberg-Feeling, was?«

Eddy und Herr Savičević lachten. Zwei Minuten später legten sie auf. Eddy wiederholte die Bestellung bei ›Wohnparadies‹ am Hermannplatz und ›Möbel Ulf‹ in Mitte und betete, dass alle drei

Sofas bis spätestens halb acht eintrafen. Dabei machte er sich vor allem Sorgen wegen des Straßenverkehrs und möglichen Staus. Er kannte nicht viele männliche Einzelhändler, die die Möglichkeit, einen Ladenhüter für den doppelten Preis und ohne Rechnung loszuwerden und dabei einen Blick auf Angelina Jolie zu werfen, ungenutzt lassen würden.

Eddy ging zum Fenster und sah durch den Vorhangspalt hinunter in den Hof. Nur noch ein Leibwächter stand dort. Er sprach in sein Handy. Schlich der andere vielleicht durchs Treppenhaus? Oder stand womöglich schon seit einer Weile horchend vor Eddys Wohnungstür, hatte Teile von Eddys Telefonaten mitgehört und fragte sich nun, warum einer drei Sofas und eine Ladung alter Möbel bestellte?

Eddy nahm Königs Handy vom Boden und klappte es auf. Acht Anrufe in den letzten zwanzig Minuten. Und wenn König beim Weggehen gesagt hatte: Ich bring meiner Tochter nur schnell die Fotos rauf, bin in 'ner halben Stunde wieder da?

Scheiße!, dachte Eddy, was, wenn sie die Polizei schon gerufen hatten? Egal, ihm blieb keine Wahl, er musste die Sache jetzt durchziehen.

Er legte das Handy zurück und holte aus der Küche ein japanisches Filetiermesser. Im Wohnzimmer nahm er die Latexschaumsitzpolster aus dem Sofa und schnitt von jedem Polster die Sitzfläche als etwa zwei Zentimeter dünne Lage ab. Anschließend zog er Königs Leiche heran und hievte sie samt Bettdecke in den Hohlraum, wo vorher die Polster gesteckt hatten. Er legte die Sitzflächen auf die Leiche, glich Unebenheiten zwischen Leiche und Sitzflächen mit weiteren von den Polstern geschnittenen Latexstücken aus und fixierte das Ganze mit Sekundenkleber. Es war nicht perfekt, aber wenn man nicht genau hinguckte, sah es im Halbdunkel wieder wie ein Sofa aus.

Er hob es auf einer Seite an, und natürlich stimmte das Gewicht mit dem Erscheinungsbild nicht überein. In der Speisekammer leerte er fünf Weinkartons, verschloss sie mit Paketklebeband, schrieb mit dickem Filzstift *Sekundärliteratur Thomas Mann, Referate zu Peter Weiss/Zweites Semester, Neue deutsche Poesie, Minnesang 1–20* und *Diäten* drauf, legte die leeren Kartons aufs Sofa und umwickelte alles mit einer weiteren Rolle Klebeband. Als er fertig war, wirkte es ein bisschen wie das Werk eines Verpackungskünstlers, dem die Verpackung ausgegangen war. Durch die Freiräume zwischen den Klebebandstreifen konnte man sowohl das Sofa wie die Kartons und Teile der Beschriftungen gut sehen. Schließlich schüttete er noch eine halbe Flasche Eau sauvage über den Sofabezug.

Danach zog er vom Balkon einen Gartenschlauch ins Schlafzimmer, spritzte erst einen Teil der Decke ab, dann die Wände darunter und schließlich leicht widerstrebend sein Bett und die Biolatexmatratze mit Mohairbezug. Eddy hatte keine Ahnung, ob das Wasser die Matratze ernsthaft beschädigte, aber es machte auf den ersten Blick keinen guten Eindruck, und Arkadi kannte sich mit Biolatexmatratzen kaum besser aus als er. Dafür wusste Arkadi, wie glücklich Eddy gewesen war, als er sich vor einem halben Jahr diesen Rolls Royce unter den Matratzen angeschafft hatte, und er würde nicht annehmen, dass Eddy, und wäre das damit verbundene Manöver noch so einträglich, ausgerechnet dieses Stück aus seiner Wohnung dafür opfern würde. War die Matratze womöglich hin, dürfte auf Arkadi zumindest der Wasserschaden echt wirken.

Zuletzt füllte Eddy zwei Eimer halbvoll mit Wasser, verteilte Handtücher und Wischlappen auf dem Boden, zog die Vorhänge beiseite, öffnete leise die Fenster – nach wie vor nur ein Leibwächter im Hof –, brachte den Schlauch zurück auf den Balkon, schob Königs Tascheninhalt in eine Plastiktüte und versteckte sie unter einer Lage Zwiebelschalen und Entenresten im Mülleimer. Fünf Minuten später klingelte es an der Tür.

Wenn sie was getrunken hatten oder einfach nur rumalberten, machte Eddy immer wieder gerne eher schlechte Witze über den angeblichen Umstand, dass Arkadi sich im Laufe der Jahre seiner Handelsware äußerlich mehr und mehr angeglichen habe. Ungefähr so wie man es Hundehaltern und ihren Tieren bezüglich ihrer Physiognomie nachsagt. Dabei war Arkadi schon immer ein Schrank von einem Kerl gewesen, doch regelmäßiges Karatetraining und tägliche Möbelschlepperei ließen Schultern und Nacken von Jahr zu Jahr noch ein bisschen breiter und kräftiger werden. Dazu besaß er das selbstbewusste, geschmeidige Auftreten eines Athleten, und wenn er einen Raum betrat, drehten die Anwesenden, besonders die weiblichen, instinktiv die Köpfe nach ihm um. Den Rest erledigten seine großen weichen grünen Augen und der glattrasierte, leicht brutal und animalisch wirkende, wie nach einer römischen Heldenstatue geformte Schädel. Sie waren zwar nur ein mittelmäßig erfolgreiches Straßenmusikerduo, aber was ihr Groupieaufkommen betraf, konnten sie sich mit einer Menge erfolgreicher Profibands messen. Arkadis Luxuskörper im Nadelstreifenanzug, die verspiegelte Pilotenbrille auf der meistens braungebrannten Stirn, *Spanish Bombs* oder *Rock The Casbah* aus der Akustikgitarre schlagend, das Gesicht schweißglänzend – das sorgte in den Fußgängerzonen, auf den Stadtteilfesten und Wochenmärkten zwischen Spandau und Köpenick schon für allerhand Aufregung unter den Damen. Daneben wirkte Eddy wie der nette Kumpel, der das Auto fuhr, die Drinks besorgte und wusste, wann es Zeit war, Arkadi mit Jessica, Katharina, Marie oder Leila allein zu lassen. Tatsächlich hätte Arkadi niemals seine Ehe mit Lilly riskiert, und um Jessica, Katharina, Marie oder Leila kümmerte sich am Ende meistens Eddy.

Selbst in diesem Moment vor Eddys Tür, müde und erschöpft nach einem langen Arbeitstag, im schmutzigen, verschwitzten Overall, irgendwas in den Armen, das so aussah wie ein verchromter dicker Blitz, war Arkadi immer noch eine imposante Erscheinung. Jedenfalls imposant genug, dachte Eddy, um zur Not ein paar wütende Möbelhändler oder einen im Vergleich eher kurz geratenen Leibwächter in Schach zu halten.

»Na, Eddy, hier ist schon mal ein Couchtisch«, begrüßte ihn Arkadi leicht außer Atem.

Eddy half ihm, das etwa zwei Meter lange und fünfzig Zentimeter breite Möbel ins Schlafzimmer zu tragen. Ihre Füße patschten durch Pfützen und nasse Lappen.

»Du meine Güte! Und alles auf die neue Matratze!«

»Ja, blöd. Aber ich krieg sie ja wahrscheinlich ersetzt.«

»Ach so, na dann«, sagte Arkadi in einem Ton, als spräche er zu einem phantasierenden Kind oder Greis, während sie den Tisch gegen die Wand stellten. »Wie viele Möbel, glaubst du, kannst du unter der tropfenden Decke platzieren, ohne dass sich der Versicherungstyp auf den Arm genommen fühlt?«

»Was hast du noch im Wagen?«

»Einen schwarzweiß gefleckten Esstisch mit Kuhbeinen, dazu sechs Stühle mit Fellbezug, ein schwarzes Nappaledersofa und zwei Sessel, die aussehen wie Mickey und Minni Mouse.«

»Na, vielleicht die Sessel, oder? Zusammen mit dem Blitz...«

»Mhmhm«, machte Arkadi, massierte seine Hände und schaute sich nachdenklich die Zimmerdecke an. »Nebenbei: Unten vor der Tür steht so 'n Aufgepumpter und hat mich gefragt, was ich hier wolle. Hat mit dir nichts zu tun, was?«

»Mit mir?«

Arkadi schien keine andere Reaktion erwartet

zu haben. Seine Miene blieb ausdruckslos, nur seine Augen guckten für einen Moment noch ein wenig müder. »Okay, dann lass uns mal das Sofa runterbringen. Wirst dir die Sache schon gut überlegt haben.«

Eddy räusperte sich. Unauffällig sah er auf seine Armbanduhr. Es war fünf vor halb acht.

Im Wohnzimmer schnüffelte Arkadi hörbar und runzelte die Stirn. »Pissen die Katzen in 61 neuerdings Aftershave?«

Eddy lächelte, als hielte er das für eine witzige Bemerkung. »Hab natürlich ich drübergekippt, um die Katze nicht zu riechen.«

»Aha.« Arkadi trat an das Sofa heran. »Und weil das Ding nicht schwer genug war, hast du noch ein paar Kisten draufgepackt...«

»Ach, na ja, ich dachte, besser als zweimal schleppen. Die Kisten will ich schon seit Monaten wegbringen. Du kannst dich doch an die Germanistikstudentin erinnern, die letztes Jahr 'ne Weile bei mir gewohnt hat?«

»Die dicke.«

»Also dick... Sinnlich würde ich sagen. Jedenfalls hat sie die Bücher seitdem nicht abgeholt, und ich hab einfach nicht genug Platz.«

»Na schön. Also los. Ich möchte Adam nicht zu lange warten lassen.«

»Klar. Ich hol nur schnell die Wohnungsschlüssel.«

Eddy lief in die Küche. Auf seiner Uhr war es eine Minute vor halb acht. Aus dem Küchenfenster sah er in den Hof. Immer noch nur ein Leibwächter. Er hielt sein Handy in der Hand, wartete anscheinend auf einen Rückruf und ging nervös auf und ab. Um zwei Minuten nach halb acht kamen zwei Männer mit einem in Plastik verpackten Sofa auf den Schultern durch die Einfahrt. Ein klotziger, plumper, etwa zwei Meter langer und ein Meter tiefer Dreisitzer. Genau das Richtige, um eine Leiche oder einen betäubten Körper darin zu verstecken.

Eddy rief: »Komme gleich, ich find die Schlüssel nicht!«, während er beobachtete, wie der Leibwächter den Männern in den Weg trat. Leise öffnete er das Küchenfenster und horchte in den Hof.

»Was soll 'n das? Weg da!«

»Wohin wollen Sie damit?«

»Weg da, hab ich gesagt! Siehst du nicht, was wir auf 'm Rücken haben?!«

»Trotzdem muss ich Sie bitten, mir zu sagen...«

»Eddy Stein, Filmproduktion, dritter Stock!«, schnauzte der Möbelträger. »Sonst noch was?«

»Tut mir leid, aber wir sind gerade ...« Der Leibwächter brach ab, sah hilfesuchend auf sein

Handy, schaute wieder auf. »Hören Sie, ich kann's Ihnen nicht erklären, aber ich darf hier im Moment keinen reinlassen. Eben ist schon einer von Ihnen gekommen, und...«

»Hey, du Pfeife!« Der hintere Träger schob den Kopf unterm Sofa hervor. »Entweder du lässt uns sofort durch, oder ich stell das Ding ab und zeig dir, was du darfst!«

»Ich ...«, setzte der Leibwächter an. Von der Selbstsicherheit von vor eineinhalb Stunden keine Spur mehr. Nicht nur, dass sein Chef unauffindbar blieb und sein Partner sonst wo rumtrödelte – warum tauchten hier auf einmal lauter Möbelpacker auf?

Von der Straße hinter der Einfahrt glaubte Eddy den Motor eines Lieferwagens zu hören.

»Schon klar, Alter, oben is Angelina, und man hat dir gesagt, niemanden reinzulassen. Aber genau wegen ihr sind wir ja da. Is alles mit deinem Boss besprochen.«

»Mit meinem Boss...?«

»Na, Eddy Stein. So und jetzt Platz da.«

Der Leibwächter hob in einem verzweifelten Versuch noch einmal die Arme, ehe er sie abwinkend fallen ließ und kopfschüttelnd zur Seite trat.

»So is recht, Alter. Und keine Angst, wir wollen der Süßen bloß mal auf 'n Hintern gucken.«

Während der Leibwächter ihnen mit verständnislosem Ausdruck zusah, wie sie mit dem Sofa im Hinterhaus verschwanden, tauchten zwei weitere Männer mit einem Sofa auf den Schultern in der Einfahrt auf.

Eddy schloss das Fenster. »Hab ihn schon!«

»Was soll das heißen?! Sind Sie nun Eddy Stein oder nicht?!«

»Ich bin Eddy Stein, aber ich bin kein Filmproduzent, und ich habe auch bestimmt keine Sofas bei Ihnen bestellt. Das muss ein Scherz sein.«

»Ein Scherz?!«, wiederholte Herr Savićević zunehmend außer sich. Hinter ihm auf der Treppe standen fünf Männer und drei Sofas bis hinunter in den zweiten Stock. Jeder hatte sich auf seine Weise schick gemacht. Der eine trug zur Möbellieferung einen hellblauen, scharf gebügelten Baumwollanzug, der andere ein weißes Leinensakko mit orangenem Einstecktuch, ein dritter war mit Stiefeln, Jeans und Westernhemd als Cowboy gekommen, zwei weitere betonten Muskeln und Brustkorb mit knappen T-Shirts – eines mit dem Aufdruck *The Man,* Pfeil nach oben, und *The Legend,* Pfeil nach unten –, und alle hatten ihre Haare mit Gel zu diversen Modefrisuren gerichtet.

Herr Savićević befand sich an der Spitze der

Prozession und führte das Wort. Er war um die vierzig, frisch rasiert, und seine streichholzkurzen dunklen Haare standen stachelig und feuchtglänzend in die Höhe. Die obersten drei Knöpfe seines rosa Satinhemds waren geöffnet, und Eddy glaubte, sowohl auf Savičevićs Gesicht wie auf den freiliegenden Brustpartien braunes Make-up zu erkennen. Am vierten Hemdknopf baumelte eine Sonnenbrille mit Dior-Emblem.

Als Eddy die Tür geöffnet und sich erst Savičević und dann dem Rest der Truppe gegenübergesehen hatte, waren ihm zwei widersprüchliche Dinge durch den Kopf geschossen. Zum einen: Ach du lieber Himmel, sie haben sich was ausgerechnet mit Angelina! Zum anderen, fast gleichzeitig und in Anlehnung an einen berühmten Satz des Berliner Bürgermeisters: Ich bin Möbelträger, und das ist auch gut so. Vielleicht hatten sie sich ja gar nicht für Angelina, sondern für Brad hübsch gemacht. Seit in den neunziger Jahren David Beckham, die Fernseh-Casting-Shows und der Begriff »metrosexuell« aufgetaucht waren, lösten immer mehr Männer bei Eddy Tsching Tschang Tschong aus: Ich denke, dass du denkst, dass ich denke, Mann, sieht der toll aus, der kommt bei Frauen sicher gut an, da kann ich einpacken, während ich denke, dass du nicht weißt, dass dir Frauen eigentlich egal sind, während du vielleicht wiederum denkst, ich geh in diesen freien, modernen Zeiten mal mit 'm Kerl, dann stehn die Frauen mehr auf mich wegen einfühlsam und so.

Für Eddy, ein Kind der Siebziger, sahen die Möbelträger jedenfalls aus wie ein Haufen Tunten.

Und noch mal rief Savičević und wies auf die Sofas hinter sich: »Das nennen Sie einen Scherz?!«

»Einen schlechten natürlich«, beeilte sich Eddy zu erklären. »Es ist nicht der erste dieser Art. Irgendjemand hat es auf mich abgesehen. Erst gestern bekam ich eine Lieferung Holzkohle. Dreißig Säcke, angeblich für eine Geburtstagsparty. Und vor drei Tagen klingelten nachts um eins zwei Prostituierte an meiner Tür.«

»Prostituierte...« Savičević verzog abgestoßen das Gesicht, ehe er den Kopf schüttelte. »Prostituierte, Holzkohle, Sofas – das ergibt doch gar keinen Sinn!«

»Find ich auch. So wenig wie: drei Sofas zu bestellen, die man nicht will.«

Savičević schien Eddys Worte zu überdenken. In der dadurch entstehenden Pause fragte einer der T-Shirt-Träger vom nächsten Treppenabsatz herauf: »Und wo ist jetzt Angelina?«

Savičević warf einen Blick hinunter. »Was bist du denn für 'ne Flasche?«

»He-he-he!«

Savičević zuckte mit den Achseln. »Hätt man sich auch denken können: Angelina Jolie und Kreuzberg 61 – das passt einfach nicht.«

»Tja«, sagte Eddy, »tut mir wirklich leid. Ich denke, es ist Zeit, die Polizei zu verständigen. So kann's ja nicht weitergehen.«

»Das meine ich auch«, schaltete sich Arkadi von hinten ein. »Was für eine Sauerei!«

Eddy drehte sich nicht um. Er wollte nicht wissen, wie Arkadi guckte. Stattdessen pflichtete er bei: »Ja, verdammt!«, kniff die Augenbrauen zusammen und ballte die Fäuste. Es sollte gerade so lächerlich wirken, dass die Möbelträger einsahen, dass Eddy erstens nicht der Typ war, der was im Schilde führte, und dass es zweitens wenig Befriedigung versprach, die Wut an einer solchen Null auszulassen. Zumindest den zwei T-Shirt-Trägern und dem Kerl im weißen Leinensakko war die Lust anzusehen, die Enttäuschung über Angelinas Abwesenheit, die nutzlose Schlepperei und den verspäteten Feierabend mit ein bisschen Klopperei zu mildern.

Und so wie Eddy Königs Leibwächter einschätzte, würden sie die Möglichkeit dazu bald erhalten.

»Leider kann ich an der Situation im Moment

nichts ändern. Doch ich verspreche Ihnen, sobald der Urheber gefasst ist, erhalten Sie von mir Bescheid. Wenn Sie mir darum bitte Ihre Geschäftskarten geben würden...«

Eisern lächelnd stieg Eddy die Treppe hinunter. Dabei ließ er sich weder von herausfordernden Blicken noch provozierend langsamem Überreichen der Karten oder der Warnung »Wenn du dich nicht meldest, Alter, melden wir uns« aus der Fassung bringen.

»Und zwar irgendwann mal nachts, Alter, wie die Nutten, aber wir wollen dir keinen blasen!«

Zwei oder drei von ihnen lachten.

Zurück vor seiner Wohnung, faltete Eddy mit einer Art Dorfbürgermeister-Feierlichkeit die Hände vor sich und sagte aufmunternd: »Bleibt mir nur noch zu wünschen, Ihr Abend möge besser enden, als er begonnen hat. Und weil mein Kollege und ich jetzt zufällig auch Möbel zu schleppen haben, gebe ich für uns alle das Motto aus: Viel Mut, hau ruck!, und umso besser schmeckt das Bier nachher!«

Er nickte ihnen zu, machte auf dem Absatz kehrt und verschwand in der Wohnung. Hinter sich hörte er: »Ist der schwul oder was?«

Auf dem Weg zur Küche sah er, wie Arkadi mit verschränkten Armen im Wohnzimmer stand und das mit Paketband umwickelte Sofa betrachtete. Als Eddy im Flur anhielt, wandte Arkadi ihm den Blick zu. Einen Moment lang schauten sie sich mit unbewegten Mienen an, und niemand, nicht mal einer von ihnen, hätte sagen können, was in ihren Köpfen vorging.

»Es tut mir leid«, sagte Eddy, »ich hatte keine Wahl. Sonst hätte ich dich nicht mit reingezogen.«

Arkadi erwiderte nichts. Schließlich drehte Eddy sich um und lief weiter.

In der Küche öffnete er das Fenster. Das erste Sofa kam zurück in den Hof, und der Leibwächter machte ein Gesicht, als fliege ein rosa Elefant aus der Tür.

»...Sagt mal, das meint ihr doch jetzt nicht ernst!«

»Eddy...«

Sie standen sich im Wohnzimmer gegenüber. Es war höchste Zeit, das Sofa hinunterzubringen. Sie konnten das Geschrei vom Hinterhof deutlich hören. Noch war der Leibwächter allein und konnte die Möbelträger nur mit Hilfe seiner Pistole, und auch damit kaum, in Schach halten. Doch er hatte schon mehrmals, in sein Handy brüllend, Verstärkung angefordert. Ehe die eintraf, mussten sie mit ihrer Ladung aus dem Haus sein.

»Was ist in dem Sofa versteckt?«

Eddy spürte, wie ihm die Angst den Hals hochkroch. Doch er schaffte es, Arkadis Blick standzuhalten.

»Ich denke nicht, dass du das wirklich wissen willst.«

Arkadi betrachtete ihn aufmerksam, als suche er in Eddys Gesicht nach irgendwelchen Zeichen oder Symptomen. »Dann ist es dir wahrscheinlich lieber, wenn wir erst das Sofa wegbringen, bevor wir Adam abholen.«

Eddy nickte. »Das hätte ich demnächst vorgeschlagen.«

»Wenn wir an dem Aufgepumpten vorbei gewesen wären.«

»Ja.«

»Sicher?«

»Vielleicht hätte ich es nicht so direkt vorgeschlagen. Jedenfalls wäre Adam nicht mit dem Sofa zusammen im Wagen gefahren.«

Als Eddy und Arkadi mit dem Sofa auf den Schultern durch die Hinterhaustür in den Hof traten, bot sich ihnen folgendes Bild: Der Leibwächter stand mit gezogener Pistole vor der Durchfahrt zur Straße, während die sechs Möbelträger die Sofas abgestellt, sich im Halbrund formiert und sich ihm bis auf etwa fünf Meter genähert hatten. Ihren gespannten Körpern, den zum Zupacken bereiten Händen und gesenkten Köpfen war anzusehen: Sie wollten jetzt endlich Action. Jemand musste für diesen Scheißabend büßen. Bekämen sie den Leibwächter zu fassen, wären etwa zehn Jahre Nahkampfausbildung innerhalb weniger Minuten in der Luft zerrissen.

Der Leibwächter schwenkte die Pistole hektisch hin und her und schrie: »Noch einen Schritt, und ich knall euch in die Beine! Hier kommt keiner raus! Ich will eure verdammten Sofas checken!«

Eddy dachte erstens, er mag seinen Chef, zweitens, so einen engagierten Leibwächter hätte ich auch gerne, drittens, zum Glück habe ich diesen Zirkus veranstaltet, nie und nimmer wäre ich hier mit König durchgekommen, und viertens, noch bin ich nicht durchgekommen.

In mehreren Fenstern sah Eddy Nachbarn, wie sie das Geschehen verfolgten. Höchstwahrscheinlich hatte einer von ihnen schon die Polizei gerufen.

Vorneweggehend, zog Eddy das Tempo an, während er in ungläubig amüsiertem Ton rief: »Na, was ist denn hier los?« Und als die Möbelträger die Köpfe nach ihm umwandten und der Leibwächter aufsah: »Dreht ihr etwa 'n Film? Mensch, jetzt versteh ich: Von wegen Eddy Stein Filmproduktion – *ihr* seid die Filmtypen! Ist ja 'n Ding! Und bei uns im Haus so 'ne Möbellieferungsnummer abziehen!«

»Möbellieferungsnummer?!« Die Stimme des Leibwächters überschlug sich. Über zwei Stunden Warterei und Ungewissheit hatten ihn mürbe gemacht. »Wo ist mein Boss, ihr Schweine?!«

Eddy und Arkadi blieben bei den Möbelträgern stehen, und als sei das Geschrei des Leibwächters etwas Selbstverständliches, sagte Eddy: »Das hättet ihr mir doch wirklich sagen können. Kino oder Fernsehen?«

Die Möbelträger schauten verdutzt. Sowieso, aber auch über Eddys veränderte Art. Eben noch verklemmte Hinterhausexistenz, nun auf einmal Kumpel 61. Außerdem fragten sie sich vielleicht, warum er sich zum Möbelschleppen in eine Wolke Rasierwasser gehüllt hatte.

Ehe irgendjemand reagieren konnte, fuhr Eddy zum Leibwächter gewandt fort: »Jetzt versteh ich auch Ihre Klamotten. Von wegen, Sie warten auf den Hausbesitzer! Hab ich aber eh nicht geglaubt.«

Eddy zwinkerte ihm zu. Der Leibwächter starrte ihn an. Dabei schien er das Sofa auf Eddys Schultern nicht zu bemerken. Als sei die Situation festgeschrieben: Sein Boss verschwindet im Haus, ist telefonisch nicht mehr zu erreichen, und ehe genug Verstärkung eintrifft, um das Haus auf den Kopf zu stellen, werden drei Sofas hinein- und kurz darauf wieder herausgetragen – Sofas, die groß genug sind, um eine Leiche oder einen betäubten Körper darin zu verstecken. Das war das Zentrum des Geschehens, hierfür brauchte er seine Aufmerksamkeit, dabei durfte ihm kein Fehler unterlaufen. Und plötzlich tauchte dieser Jutetaschen-Affe wieder auf und quatschte dieselbe Art gequirlte Scheiße wie vorhin! Völlig egal, was er da auf den Schultern trug, wenn er nur abzischte!

»Na, dann probt mal noch schön, bis die Kameras und so kommen...«

»Das Equipment, ne?«, sagte Arkadi von hinten.

»Genau, Equipment, und das Team. Mann, ist das spannend. Film! Bei uns im Haus! Toll! Wir sind jedenfalls gleich wieder da, wenn ihr noch jemanden braucht...«

»Komparsen, ne?«

»Ja, wenn ihr noch Komparsen braucht. Super! Also, bis gleich, und: Haut rein, Jungs!«

Bis zu Arkadis Lieferwagen waren es durch die Einfahrt und ein Stück die Straße hinauf ungefähr hundert Meter. Eddy hatte das Gefühl, er tauche sie. Er hörte nichts, bis auf ein Rauschen im Kopf, er sah nichts, bis auf die zwei, drei Meter direkt vor ihm, und seine Schritte kamen ihm schwer und langsam vor, als bewege er sich kaum vom Fleck. Tatsächlich brauchten sie weniger als eine Minute, und die letzten zwanzig Meter von der Einfahrt zum Wagen, als sie glaubten, niemand könne sie mehr sehen, rannten sie, so gut sie das mit einem Sofa und einer Leiche auf dem Rücken konnten. Erst als Arkadi die Türen zur Ladefläche aufriss und krachend und quietschend zur Seite fallen ließ, fand Eddy wieder zurück in die Welt aus Luft und Geräuschen.

Sie hievten das Sofa zwischen Kuhtisch und Mickey-Mouse-Sessel, warfen die Türen zu, und zwei Sekunden später ließ Arkadi den Motor an. Ecke Wartenburg- und Großbeerenstraße meinte Eddy, in einem neben ihnen einbiegenden dunkelblauen Jaguar den zweiten Leibwächter zu erkennen. Auf Beifahrer- und Rücksitz saßen vier oder fünf weitere Männer.

Fünf Minuten später fuhren sie am Flughafen Tempelhof vorbei stadtauswärts, und Arkadi sagte: »Ich glaube nicht, dass 'ne Müllkippe das Richtige für uns ist. Dort arbeiten Leute, und manchmal wird der Müll von armen Schluckern nach was Verkaufbarem durchsucht.«

Eddy saß zusammengesunken auf dem Beifahrersitz. Er hatte vor sich auf die Straße gestarrt und nach Jahren der Abstinenz zum ersten Mal wieder an Zigaretten gedacht. Es dauerte einen Augenblick, bis Arkadis Worte und ihre Bedeutung ganz zu ihm vordrangen. Dann stutzte er, sah zögernd auf und warf Arkadi einen forschenden Blick zu. Mit ruhiger, konzentrierter Miene lenkte Arkadi den Lieferwagen durch den restlichen Feierabendverkehr.

»...Und?«, fragte Eddy.

»Ich hab hinten drin 'nen Kanister Benzin. Ich denke, wir sollten uns ein schön abgelegenes Waldstück suchen und das Sofa verbrennen.«

Eddy hielt kurz inne, dann sah er zur Seite und wieder aus dem Fenster. Ausgerechnet Arkadi hielt es für nötig, Vorschläge zur besseren Beseitigung einer Leiche zu machen. Eddy fühlte sich elend.

Er nickte. »Genau so machen wir's.«

Der Volksheld

Eine Woche später stand Eddy morgens in der Bäckerei, und während er für Agnes und sich Rosinenbrötchen kaufte, fiel sein Blick auf die neben der Kasse liegende Tageszeitung. Die Schlagzeile lautete: *Der grausame Tod des Deo-Königs.*
»Macht zwei sechzig, Herr Stein.«
»Ähm... und die Zeitung bitte.«
Er zahlte, steckte das Wechselgeld ein, nahm die Tüte Brötchen und die Zeitung und verließ die Bäckerei. Ein Stück weiter blieb er stehen und las: *Montagnachmittag fanden Jugendliche in einem Waldstück bei Schönefeld die Leiche des letzten Besitzers der Deo-Werke. Horst König, der in den vorangegangenen Monaten wegen der Zerschlagung des traditionellen Berliner Unternehmens in der Öffentlichkeit stark angefeindet wurde, fiel offenbar einem Gewaltverbrechen zum Opfer. Nach Auskunft der Polizei deutet vieles darauf hin, dass König an einem anderen Ort betäubt oder umgebracht, anschließend in den Wald transportiert*

und samt einem noch nicht identifizierten Behälter verbrannt wurde. Die Jugendlichen sagten aus, auf der Suche nach einem Platz für ein Geburtstagspicknick sei ihnen der Geruch von Verbranntem aufgefallen. Als sie auf die Feuerstelle gestoßen seien, hätten sie zuerst angenommen, jemand habe illegal im Wald gegrillt, doch dann habe einer von ihnen einen menschlichen Körper erkannt. Anhand des noch am Finger befindlichen Eherings mit eingravierten Namen war eine erste vorläufige Identifizierung des Opfers durch die Beamten vor Ort schnell möglich. Es ist wohl nicht der einzige Aspekt der Tat, der nach Andeutungen der Polizei darauf schließen lässt, dass es sich bei den Tätern nicht um Profis handelt. (Dazu auch das Porträt Der König vom Hermannplatz, *Seite 3, und der Kommentar* Wenn die Volksseele kocht, *Seite 4)*

Eddy faltete im Weitergehen die Zeitung zusammen. Der verdammte Ehering! In der Wohnung hatte er ihn nicht gleich abbekommen, und dann war es auch schon zu spät gewesen. Niemals hätte er im Beisein Arkadis das Sofa im Wald noch mal aufgemacht, um den Ring vom Leichenfinger zu zerren. So konkret durfte es nicht werden. Denn obwohl Arkadi ab dem Moment, in dem der Leibwächter geschrien hatte: »Wo ist mein Boss, ihr Schweine?!«, klar gewesen sein musste, was er auf den Schultern trug – und beide wussten, dass sie wussten –, hatten sie den Kern der Sache nie angesprochen. Sofa verbrennen, ja, Reifenspuren am Waldboden verwischen, ja, sich absprechen, falls jemand fragte, dass man zur fraglichen Zeit spazieren gewesen sei, um neue Songs zu besprechen, ja, aber Leiche und Totschlag und wer überhaupt? – nein, nein, nein.

Auch als sie zwei Tage später am Winterfeldmarkt spielten – und, für Eddy jedenfalls, überraschend gut spielten –, kein Wort zum Sofainhalt. Jedenfalls kein offenes. Zur Begrüßung: »Zu Hause alles okay? Wasserschaden, falsche Möbelbestellungen, Filmcrew?«

»Alles okay. Das Wichtigste war, das stinkende Sofa aus der Wohnung zu kriegen. Nochmals vielen Dank.«

»Kein Problem. Ich hoffe, die Katze kommt nicht wieder.«

»Bestimmt nicht. Hab mit der Nachbarin gesprochen. War 'n einmaliger Besuch.«

»Tja, 'n privates Malheur, kommt vor. War doch 'n privates Malheur? Ich meine, du hattest dir nicht irgendwas ausgeheckt, wie die Katze entführen, schönen Finderlohn, und dann ist was schiefgegangen, Katzenblase geplatzt, überall Pipi und so weiter...?«

Eddy schluckte und bewegte einen Rest Speichel durch seinen auf einmal sehr trockenen Mund. »Hundert Prozent privat und hundert Prozent Malheur.«

»Na, prima. Dann lass uns mal loslegen. Ich schlag vor, wir starten heute mit *Folsom Prison Blues*.« Arkadi warf einen Blick über bunte Obst-, Käse- und Olivenstände, vorwiegend junge, moderne, wohlhabende Kundschaft, Kinderwagen, französische Bastkörbe, geschmackvolle Sonnenbrillen. »Um den Schnuckelchen hier ein bisschen einzuheizen. Das Leben ist ja nicht nur Ziegenkäse mit Pesto, was, mein Lieber?«

»Äh, nein.«

»Also heute mal für alle Leute, die glauben, es stünde irgendwo geschrieben, für sie könnt's nie wirklich schlechtlaufen. Die meinen, mit ein bisschen Pep und Spucke kämen sie überall durch. Die denken, das Einzige, was sie zu fürchten hätten, sei der Tod. Gesetze, Gefängnis, vom Knastgangboss jeden Abend in den Arsch gefickt – nicht für sie, kennen sie nicht, können sie sich nicht vorstellen, dabei braucht es nur irgendein dummes Missgeschick, und schwups, nicht wahr?«

»Äh, ja, wahrscheinlich…«

»Darum lass uns einfach mit Cash weitermachen, alle Nummern, die wir draufhaben, dann vielleicht ein paar DeVille-Songs und zum Abschluss wie immer Clash, aber die wütenden, traurigen Sachen, *London's Burning, Police On My Back* und so.«

Obwohl Eddy noch bis zum vierten oder fünften Lied mehr über sein Verhältnis zu Arkadi als über sein Gitarrenspiel nachdachte, wurde es eines ihrer besten Konzerte seit langem. Vielleicht weil sich Eddys Anspannung und Angst der letzten zwei Tage immer mehr in die Musik entlud. Spiel und Gesang wurden von Song zu Song demütiger, glücklicher, eindringlicher. Bis ihn bald ein Gefühl tiefer Dankbarkeit dafür überkam, mit Arkadi in der Frühlingssonne stehen und die Musik machen zu können, die sie liebten. Arkadi dagegen trieb die Wut, und zusammen ergaben sie ein lautes, wildes Toben mit Herz.

Zum Schluss standen, wippten und tanzten über hundertfünfzig Leute um sie herum, in den Gitarrenkoffern häuften sich die Scheine, und nachdem sie mehrere Zugaben gespielt und sich erschöpft auf ihre Hocker hatten fallen lassen, trat eine junge Frau mit gletscherblauen Augen und einem bezaubernden, mit kleinen Schweißperlen benetzten Dekolleté auf Eddy zu und fragte leicht atemlos: »Das war toll, darf ich euch nachher zu einem Drink einladen?«

»Aber gerne.«
»Schön. Ich heiße Agnes.«

Mit Brötchentüte, Zeitung, einem Netz Orangen, einer Flasche Milch und einem Strauß Margeriten betrat Eddy den Hausflur. Es war ihm zur Gewohnheit geworden, beim Raus- oder Reingehen einen Blick durch die kleine verkratzte Scheibe von D. Millers Briefkasten zu werfen. Wieder war der Kasten nicht geleert.

Eddy stieg die Treppe hinauf in den zweiten Stock. Vor der Tür zum Lit-Games-Büro war am Boden noch der Schmutzrand zu sehen, wo bis vor drei Tagen die Harpune gestanden hatte. Eddys Blick ging schnell darüber hinweg. Er blieb stehen und horchte, ob sich sonst noch jemand im Treppenhaus befand, dann legte er das Ohr an die Tür von Königs Tochter. Auch das machte er nicht zum ersten Mal. Außerdem hatte er schon zwei Nachmittage auf seinem Balkon verbracht, nur in Erwartung eines Lebenszeichens vom Balkon darunter.

Was genau er sich davon versprach, wusste er nicht. Er wusste bisher ja nicht mal, wie er die ganze Sache eigentlich beurteilen sollte. Einerseits war da der – wie Eddy es für sich nannte – Unfalltod eines von vielen gehassten, anscheinend skrupellosen, mafiösen Spekulanten und Existenzenvernichters. Andererseits konnte Eddy sich seine Rolle moralisch und auch technisch noch so zurechtlegen – bis hin zu dem Schluss, dass wegen der mitten im schlecht beleuchteten Treppenhaus abgestellten gusseisernen Harpune für Königs Tod im Grunde Ahmed die Verantwortung trug –, er kam nicht daran vorbei, dass ihn Schuldgefühle plagten. Oft schreckte er nachts auf, um anschließend in Halbschlaf zu verfallen, in dem er jedes Mal wieder den schmalen, feingesichtigen Mann sah, wie er hilflos nach hinten rutschte, bis es dieses dumpfe, leicht knackende Geräusch machte.

Und nicht nur sein Gesicht, überhaupt wurde König für Eddy – und das hatte nichts mit Kleidung und Haarschnitt zu tun – im Rückblick immer feiner. Sicher, er hatte ihn beschimpft und geohrfeigt, doch wie oft hatte Eddy sich schon gewundert, warum ihm bei seinen Deppen-Auftritten eigentlich nie jemand mal eine runterhaute. König hatte dringend seine Tochter sprechen müssen, und dann kam so einer mit Dufflecoat und Marienkäfertasche und sabbelte ihn voll. Und alles andere, Arschloch – Schwein – Scheiße, die Verachtung für die Gegend, das Haus und Männer namens Ahmed, das war für Eddy im Nachhinein nur Neuköllner Folklore. Vielleicht sogar eine Art Eddy-

Nummer: Jetzt geb ich dem Multikulti-Peace-und-Biorüben-Kreuzberger einfach mal schnell den CDU-Rüpel, dann hat er, was er will, und zieht Leine.

Eines Nachts, als Eddy von dem knackenden Geräusch mal wieder endgültig wach geworden war, hatte er sich an den Computer gesetzt und »Horst König, Deo-Werke« gegoogelt. Bei über dreißigtausend Eintragungen fand er auf einem der ersten Plätze ein langes Porträt, das in *Boulevard Berlin* vor sieben Monaten zu einer Zeit erschienen war, als die Stadt König noch als Berliner Bill Gates gefeiert hatte. Dazu gab es Bilder von ihm in allen möglichen Lebensphasen, von seiner neuen Villa in Potsdam, mit seiner amerikanischen Frau, seinem Segelschiff, seinen Schildkröten.

Schildkröten, dachte Eddy, wie auf den Fotos aus Königs Jacketttasche, irgendwie nett.

Laut Artikel war König 1966 mit neunzehn ohne einen Pfennig in der Tasche in die USA aufgebrochen. Seine Eltern betrieben eine Würstchenbude am Görlitzer Bahnhof, der ältere Bruder Günther arbeitete als Türsteher am Stuttgarter Platz, und die jüngere Schwester Sabine sollte später im Alter von sechzehn mit einem, wie es damals hieß, Rocker von zu Hause abhauen und in Westdeutschland Karriere als Sängerin einer Bierzeltkapelle machen.

Die Familie lebte in einer Vier-Zimmer-Altbau-Wohnung am Herrmannplatz, und bis zum Weggang Königs hatten sich die Brüder ein Zimmer teilen müssen.

In dem Moment runzelte Eddy zum ersten Mal die Stirn. Trotz seines Interesses an Königs Werdegang hatte er Mühe, dem Text zu folgen. Der Autor schrieb: *Bald geht auch Horst durch die harte, aber herzliche Lebensschule am Stuttgarter Platz, einer Westberliner Oase des Kleingangstertums und der sexuellen Verheißungen. In einem der dort damals beliebten, in rosa Neonlicht und schweres, billiges Parfum getauchten Bordelle verdient er seine ersten »Kröten« als Laufbursche und Aufpasser. Und natürlich wird Horst, der blendend aussehende, vor wilder, ungezügelter Kraft strotzende Jungstier aus den grauen Hinterhöfen Neuköllns von den Damen, und vielleicht auch Herren, des Gewerbes immer mal wieder gerne zu einem kleinen Extradienst gebeten – Zeit der Erfahrungen, Zeit, die letzten Reste der Kindheit abzuschütteln. So formte ausgerechnet der Charlottenburger Schmuddelplatz den Mann, der heute als die große Hoffnung fürs Berliner Wirtschaftsleben gilt...*

Eddy hätte nicht genau sagen können, was ihn am Text so störte, doch beim Lesen überkam ihn ein ähnliches Gefühl wie manchmal am Wochenende, wenn eine bestimmte Sorte von Zehlendorfer oder Potsdamer Gymnasiasten in die Innenstadtbezirke strömte, um sich mit lüsterner Herablassung unters Volk zu mischen, abgefuckte Typen kennenzulernen und sich über prollig aussehende Mädchen lustig zu machen. (Und die für Eddy natürlich willkommene Opfer waren: Hey, du heißt Anatol? Das is aber 'n schöner Name. Schon mal Biokoks probiert? Total gut – und gesund. Is wissenschaftlich erwiesen: Hilft, bestimmte Gehirnpartien auszubilden – Sprachzentrum, weißte, Kreativität und so – und geht im Gegensatz zu normalem Koks kein bisschen auf die Schleimhäute, dürfen sie, na klar, nicht veröffentlichen, hilft auch spitze bei Prüfungen, Abi oder an der Uni oder so, führt einfach dazu, dass du deine Intelligenz hundertprozentig bündeln und abrufen kannst – na, und das merk ich doch sofort, dass da bei dir enorm was abzurufen ist ... Hier, probier mal 'n Tütchen, ich lass es dir für 'n halben Preis, schmeckt 'n bisschen wie Mehl, das is das Bio.)

Der Autor, fand Eddy, hatte keine Ahnung von Königs Welt und wollte wahrscheinlich auch keine haben. Er wollte nur gerne vorführen, er habe welche und was für eine gefühlvolle Schachtel er sei. Dabei fragte sich Eddy plötzlich, ob den Artikel ein Mann oder eine Frau geschrieben hatte. Neben der Überschrift *Was für ein Mann? Was für ein Mann!* stand *Fabian Braake.*

Fabian Braake, überlegte Eddy, den Namen kenn ich doch irgendwoher...

Eddy las weiter. *Doch am Horizont, dort, wo die Sonne zur Zeit noch hinter Mauer und Todesstreifen versinkt, zeichnet sich schon der Moment ab, in dem es dem aufstrebenden Horst am Stuttgarter Platz und in Westberlin zu eng werden und er beschließen wird, der Sonne nach sein Glück im Land der unbegrenzten Möglichkeiten zu suchen...*

Es folgten die üblichen New-York-Geschichten – Tellerwäscher, Bett in Besenkammer, Restaurantreste essen, Kakerlaken –, dann eine Geschäftsidee – deutsche Würste – und der Beginn des Aufstiegs. Erste Erfolge, Rückschläge und schließlich der Durchbruch: *King's Bratwurst* am Broadway. Mit origineller, frecher Werbung – *We didn't choose where we were born, but we chose what to bring you from there: Try a Bratwurst* oder *You might think it's German, but it's only sausage* – gelang es König, *The Bratwurst* innerhalb weniger Wochen zu etwas zu machen, wovon fast jeder New Yorker glaubte, er müsse es aus kulinarischen, modischen oder politischen Gründen wenigstens einmal probiert haben. Soweit Eddy es aus der Beschreibung der Wurst – *ein daumendickes, saftiges Gedicht aus bestem Schweinefleisch mit einem für Amerikaner überraschend kräftigen Schlussreim aus Kümmel, Knoblauch und Majoran* – entnehmen konnte, handelte es sich um eine Thüringer.

In den folgenden drei Jahren überzog König die USA mit Hunderten von *King's-Bratwurst*-Filialen. Er schaffte es, dass sich *The Bratwurst* neben Hot Dog, Hamburger und Pizza während zweier Jahrzehnte als viertes großes US-amerikanisches »Zwischendurch & draußen«-Gericht behauptete. Erst als König Anfang der neunziger Jahre die Kette an einen großen Getränkehersteller verkaufte, begann ihr Niedergang. König hatte früh erkannt, dass sich im Zuge des immer populärer werdenden Nichtrauchens, Bioprodukte-Essens und Cholesterinwerte-Messens auch der Wind für fettige deutsche Schweinswürste drehen werde. Denn während Hamburger, Hot Dog und Pizza trotz des neuen Gesundheitsbewusstseins für die meisten Amerikaner als unverzichtbare Grundnahrungsmittel galten, war *The Bratwurst* bei aller Beliebtheit immer eine Exotin geblieben. Ähnlich wie europäischer Fußball im Vergleich zu Base-, Basket- und American Football. Inzwischen gab es *King's Bratwurst* nur noch in Texas und Mississippi, Gegenden, wo man beim Wort »Fitmacher« noch an ein saftig gegrilltes T-Bone-Steak dachte.

Fabian Braake schrieb: *Und im feuchten, heißen, angenehm lähmenden Mississippi, wo schon beim Frühstück zu frittierten Alligatorhäppchen gerne ein Planter's Punch getrunken wird, befindet sich bis heute nicht weit von New Orleans in dem kleinen malerischen Südstaatenstädtchen Natchez das einzige noch in Horst Königs Besitz befindliche King's-Bratwurst-Lokal.*

Dorthin zieht sich Horst nach dem Verkauf der Kette zurück und richtet sich mit seiner zweiten Ehefrau, Maggie Wu, einer US-Asiatin und Mutter seiner Töchter Chantal und Romy, eine alte Vierzig-Zimmer-Plantagen-Villa her…

Wieder dachte Eddy an Königs Fotos, die er mit dem Rest des Tascheninhalts in den Landwehrkanal geworfen hatte. Das große Farmhaus mit Säulen vorm Eingang, die tropischen Landschaften – hatte König seiner Tochter die Orte ihrer Kindheit zeigen, sie vielleicht überreden wollen, mit ihm nach Hause zu fahren?

Braake schrieb: *Während sich die beim Verkauf der Imbisskette erzielten Millionen an der Börse vermehren, vergehen die folgenden zehn Jahre für Horst und Maggie wie ein endloser warmer, vom*

Duft der Magnolienblüten, dem Knistern des Barbecuefeuers und dem Klirren der Cocktailgläser erfüllter Sommerabend. Sie renovieren die Villa, ziehen ihre Töchter groß, züchten Schildkröten und gründen das Natchez Museum of Modern Art. An den Wochenenden fahren sie zu Jazzkonzerten nach New Orleans und gehen anschließend zum Essen in den berühmten ›Palace Grill‹, wo schon Hemingway die Nächte bei Crabcakes und Jalapeño Pepper Martinis durchfeierte. Sie lernen die örtliche High Society kennen und sind bald ihr festes und beliebtes Mitglied. Zu Hause stellt sich Horst zum Spaß jeden Mittwochabend wie in alten Zeiten hinter den Grill von King's Bratwurst, *und bald wird das Lokal zum angesagten Treffpunkt. Bei »Hurst« gibt sich die Creme der New Orleanser Musikszene die Klinke in die Hand: Ike Turner, Dr. John, Bobby Blue Bland, Willy DeVille, die Neville Brothers…*

Plötzlich wusste Eddy, woher er Fabian Braakes Namen kannte: Braake Schabraake, die kleine westdeutsche Giftschwuchtel, mit der er vor über zwanzig Jahren für ein paar Wochen in einer Band gespielt hatte. Obwohl er kein schlechter Keyboarder war, hatten sie ihn nach kurzer Zeit feuern müssen, ehe die Band vor lauter gegenseitigen Verdächtigungen, geschürter Eifersucht und Missgunst explodierte. Braake war, was das Schaffen von Ärger betraf, ein Phänomen gewesen. Er hatte intrigiert, gemobbt, gehetzt und Lügen verbreitet, als hätte ihn der Rock-'n'-Roll-Band-Teufel persönlich geschickt. Eddy sei hinter der Freundin des Bassisten her, der Bassist halte den Sänger für eine Niete und seine eigene Stimme für hundertmal besser, der Sänger habe sich heimlich aus der Gemeinschaftskasse bedient, und der Mann, der ihnen den Übungsraum vermiete, sei ein »schwulenfeindlicher Nazi«. Tatsächlich mochte Eddy die Freundin des Bassisten, hatte der Bassist gesagt, dass der Sänger sich langsam mal entscheiden müsse, ob er als Sänger oder Junkie Karriere machen wolle, hatte der Sänger im Rausch versucht, die Kasse ihrer Stammkneipe aufzubrechen und war darüber eingeschlafen, und wollte ihr Vermieter mit Braake nicht ins Bett. So wenig wie Eddy, dem Braake ein paarmal in die Toilette gefolgt war, bis Eddy ihm eine geknallt hatte. Dafür bekam zwei Tage später Eddy vom Bassisten eine geknallt mit den Worten: »Wenn du Marina nicht in Ruhe lässt, mach ich dich alle.« Zum Rausschmiss führte dann das von Braake in Umlauf gebrachte Gerücht, der Schlagzeuger habe Aids. Vermutlich hatte Braake das selbstverständliche, unaufgeregte Schwulsein des Schlagzeugers und dessen sexuelle Erfolge nicht ertragen. Wenn sich nach den Konzerten *backstage* die männlichen Groupies einfanden, blieben für Braake, wenn überhaupt, nur dicke Lehramtsstudenten oder Lederproleten übrig, die entweder vor Aufregung kein Wort rausbekamen oder »Ey, kommste mit, ey?« brummten, während der Schlagzeuger von knackigen James Deans und Lou Reeds zu Gin Tonics eingeladen wurde und Gespräche über Rhythmus und Erotik oder die Zukunft des mechanischen Instruments führte.

Doch all das änderte nichts daran, dass Braake nicht nur kein schlechter Keyborder gewesen war, sondern auch, wie Eddy fand, einen guten Musikgeschmack gehabt hatte. Als der Rest der Band noch Neil Young, Doors oder Grateful Dead hörte, hatte er schon damals Platten von den im Artikel genannten Leuten angeschleppt: Willy DeVille, Dr. John und Bobby Blue Bland.

Da Eddy nicht glaubte, dass Dr. John oder Bobby Blue Bland sich tatsächlich extra in irgendein Kaff begeben hatten, um Würstchen zu essen, ließ ihre huldigende Erwähnung darauf schließen, dass Braake Schabraake seiner Musik treu geblieben war. Dabei hörte sich das Wort »Treue« im Zusammenhang mit Braake für Eddy kurios an. Für noch die kleinste Beachtung, das erbärmlichste Aufsehen, das billigste Vergnügen hatte er früher jede Abmachung gebrochen, jede Bekanntschaft verraten.

Eddy googelte »Braake« und las die Überschriften: *Der Klatschpapst...*, *Der Klatschpapst findet...*, *Ein Mann tratscht sich hoch...*, Im Borchardt nachts um halb zwei – wahre Geschichten zum Weinen und zum Lachen. *Das neue Buch von Fabian Braake...*, *Fabian Braake im Interview mit der Enkelin von Hitlers Reichsgartenamtminister...*, *Ihr nennt ihn den Klatschpapst, ich nenn ihn eine stinkige, dreckschleudernde Fotze, der man es mal so richtig mit dem Schaufelstiel besorgen müsste...*, *Fabian Braake: Alles, was mich interessiert, sind Menschen...*, Das letzte Hemd hat keine Taschen: *Fabian Braake über wahre Werte und den Sinn des Lebens...*, *Böses Gerücht um den sogenannten Klatschpapst: Ein ehemaliger Volontär bei* Boulevard Berlin *beschuldigt Fabian Braake, er habe ihm für sexuelle Dienste einen Posten im Archiv versprochen...*, Mein Freund Fabian: *Corinna von Lützow über die beispiellose homophobe Schmutzkampagne gegen den bekannten Gesellschaftsreporter...*

Und so weiter. Offenbar hatte Braake Schabraake es, wenn man so wollte, weit gebracht. Eddy sah eine Weile vor sich hin und dachte darüber nach, warum Musikgeschmack nichts mit

Charakter zu tun hatte. Dann las er den Artikel über König zu Ende.

Mitte der Neunziger hatte König, so Braake, *vom ewigen Abendrot und den immer vollen Gläsern* genug gehabt, und es zog ihn zurück ins Geschäftsleben. Zuerst nach New Orleans, wo er eine Exportfirma für *crawfish* gründete und lebende Süßwasserkrebse an Feinschmeckerrestaurants in der ganzen Welt lieferte, dann nach Calgary/Kanada, wo er rechtzeitig vor den Attentaten vom elften September 2001 und dem darauffolgenden, die Energiepreise in die Höhe treibenden Irakkrieg ins Ölgeschäft einstieg, und schließlich nach Berlin, wo er wegen vielversprechend wirkender Sanierungspläne die Deo-Werke für einen Spottpreis bekam. Bei der Pressekonferenz sagte er: »Ich bin äußerst glücklich, zurück in Berlin zu sein, und verspreche, alles dafür zu tun, die Deo-Werke – oder wie wir als Kinder das herrliche Backsteingebäude mit den mächtigen Schornsteinen früher nannten: den Tempelhofer Dom – wieder auf Erfolgskurs zu bringen. Auf dass alle Arbeitsplätze erhalten bleiben!«

Ob zu dem Zeitpunkt der Plan schon existierte, fragte sich Eddy, den traditionsreichen Firmennamen samt Maschinenpark an ein chinesisches Unternehmen zu verkloppen und in dem »herrlichen

Backsteingebäude« eine riesige Einkaufs-Mall nach US-amerikanischem Vorbild mit Imbissrestaurants und Fitnesscenter einzurichten? Braakes vor sieben Monaten erschienener Artikel endete mit den Sätzen: *Und so wächst die Hoffnung, dass möglichst viele Unternehmer und Investoren dem Beispiel folgen und unsere geliebte Hauptstadt als exzellenten, in der Mitte Europas liegenden, mit einzigartigem Kultur-, Event- und Freizeitangebot versehenen Business-Standort entdecken. Dafür danken die Berliner einem der Ihren, einem Neuköllner Steppke und internationalen Geschäftsmann, einem, der losgezogen ist als Hotte und zurückkam als König – herzlich willkommen, Hotte König, in der Heimat!*

Die Giftschwuchtel als Volkes Stimme – das ist schon was, dachte Eddy. Aber mit solchen Verrenkungen hatte Braake auch damals geglaubt, die Leute hinters Licht führen zu können. Für Eddy unvergessen, wie Braake, nachdem er in verschiedenen Kreuzberger Kneipen gestreut hatte, der Schlagzeuger habe sich »bei Jungsspielen womöglich was eingefangen«, bei der nächsten Probe feierlich vorschlug, sie sollten Benefizkonzerte für Aidspatienten spielen, »weil uns das schließlich alle angeht«. Es war dann Braakes letzte Probe gewesen.

Seitdem hatte Eddy ihn nur noch einmal gesehen: ein oder zwei Jahre später beim S-Bahn-Eingang im Bahnhof Zoo. Vom Musikmachen finanziell chronisch unterversorgt, machte Eddy damals seine ersten Schritte als professioneller Betrüger und war an dem Nachmittag gerade dabei, einem etwa vierzigjährigen, in einen geschmackvollen, braunen, leicht abgewetzten Cordanzug gekleideten Herrn mit randloser Brille und einer Bioladentüte voll Haferflocken und Milchreis zu erklären, dass er vor zwei Minuten ein Polaroidfoto vom ihm geschossen hätte, wie er aus dem Sex-2000-Videokabinen-Center um die Ecke getreten sei, und dass er, anstatt ihm nun nach Hause zu folgen und das Foto der Familie zu zeigen, es ihm gerne für zweihundert Mark überlassen würde. Währenddessen öffnete sich im Hintergrund eine der Schwingtüren zur Jebenstraße, einer in den achtziger Jahren stadtbekannten Strichermeile, und Eddy sah, wie Braake im ärmellosen Muskelshirt und in hautenger Fiorucci-Röhrenjeans mit einem kleinen krummgewachsenen Mann um die sechzig verhandelte. Auf dem Nachhauseweg – in seiner Tasche hundertvierzig Mark, mehr hatte der Familienvater nicht dabeigehabt, Geldautomaten waren damals noch nicht flächendeckend eingeführt – empfand Eddy für Braake ein überraschendes Gefühl: Er tat ihm leid, viel tiefer als Jebenstraße ging's kaum.

Und nun der mittlerweile auch schon auf die fünfzig zugehende Klatschpapst, der Volontäre zum Sex erpresste – viel tiefer ging's doch.

Eddy schloss die *Boulevard-Berlin*-Seite und machte sich im Internet auf die Suche nach Fotos von Königs Tochter. Doch weder unter Romy König noch Romy Miller, D. Miller oder Romy Wu wurde er fündig. Auch nicht unter dem Namen ihrer Schwester Chantal. Trotz »Palace Grill«, »Ike Turner« und »angesagtem Treffpunkt« schien »Hurst« darauf geachtet zu haben, seine Kinder aus der Öffentlichkeit rauszuhalten. Wahrscheinlich, dachte Eddy, entsprang die ganze Beschreibung von Königs Easy-Promi-Alligatorhäppchen-Leben in New Orleans Braake Schabraakes Schreibtischphantasie.

Schließlich war Eddy wieder ins Bett gegangen und über der Frage, was die millionenschwere Tochter vom Bratwurst-King in einer Drei-Zimmer-Hinterhofwohnung in Berlin 61 verloren hatte, irgendwann eingeschlafen.

Eddy presste sein Ohr gegen das Schlüsselloch. Aber da war nichts. Wieder nichts. Seit über einer Woche kein Laut, und vorher nur einmal *Jamie T.*

Was hatte König gesagt? »Meine Tochter heißt Romy und wohnt hinter dieser Tür hier.« Wohnen konnte man das eigentlich nicht nennen. Waren die drei Zimmer für die Tochter vom Bratwurst-King vielleicht nur eine Absteige? Ein geheimer Ort zum Musikhören, Drogennehmen, Fremdgehen, Gedichteschreiben, was auch immer, während sie in Wirklichkeit standesgemäß in einem Penthouse in Berlin Mitte wohnte mit Architekten- oder Werber-Ehemann und den Kindern Marlon, Dylan und Marie-Sophie? Das wäre auch eine Erklärung gewesen, warum die Leibwächter nicht im Haus nach König gesucht hatten. Weil er ihnen nicht verraten hatte, zu wem er gehen wollte, weil es ihm unangenehm war, dass seine Tochter ein Doppelleben führte. Vielleicht hatte er so was gesagt wie: eine blöde Geschichte, Privatsache, alte Freundin, ihr versteht. Ich möchte also unter keinen Umständen irgendein Aufsehen. Macht's euch bequem, und wartet auf mich, kann länger dauern.

Darum hatten sie so lange gezögert und erst als ein mannslanges Möbel nach dem anderen rein- und wieder rausgetragen wurde, angefangen, sich ernsthaft Sorgen zu machen. Und zwar Sorgen um ihren Job. So jedenfalls deutete Eddy den Umstand, dass seit dem Showdown mit den Möbelpackern weder Königs Leibwächter noch die Polizei im Haus aufgetaucht waren. Anscheinend hatten die Leibwächter nach Überprüfung der Sofas beschlossen, den Ausflug nach Kreuzberg fürs Erste zu verschweigen. Denn wenn dem Boss irgendwas passiert war, hatten sie's vermasselt. Und wenn sich das Wiedersehen mit der alten Freundin herzlicher gestaltete als gedacht und er in einer Wohnung dort oben gerade schön am Vögeln war, wollte er wohl kaum, dass sie das Haus nach ihm auf den Kopf stellten oder dass sie bis zum nächsten Morgen an der Eingangstür rumlungerten, bis womöglich einer der Bewohner die Polizei rief. Nicht zu vergessen die Frau vom Boss, die sich irgendwann erkundigen würde, wo ihr Mann bleibe. »Wir haben ihn in einem Hinterhaus in Kreuzberg verloren« klang da, ohne auf mögliche Gründe eingehen zu können, nicht nach einer Antwort, mit der man seine Position als Leibwächter festigte. Also war bis auf weiteres die einfachste und beste Lösung, zu behaupten, König habe ihnen an dem Abend freigegeben. Und als seine Leiche auftauchte, war es erst recht die beste Lösung. Denn wie hätten sie die Geschichte dann noch erklären können, ohne in ihrer Zunft als Versager des Jahrzehnts dazustehen: Schutzperson geht für kurzen Besuch in Haus ohne Hinterausgang und taucht fünf Tage später im Wald verbrannt wieder auf.

Wenn also alles gutginge, würde die Polizei nie erfahren, wo König zum letzten Mal lebend gesehen worden war. Und dann habe ich, dachte Eddy, der wie viele professionelle Betrüger Pech oder Glück nur ungern als entscheidende Faktoren akzeptierte, sondern glaubte und, um seine Arbeit mit dem nötigen Selbstbewusstsein verrichten zu können, glauben musste, dass es ihm möglich war, jede Situation zu beherrschen und nach seinen Wünschen zu lenken – Eddy also dachte: Und dann habe ich richtig Schwein gehabt!

Er richtete sich auf. Noch war es nicht so weit, aber mit jedem Tag, der verging, ohne dass die Polizei an seine Tür klopfte, rückte der Abend näher, an dem er zu Ehren der Leibwächter und ihrer Angst, Ruf und Arbeit zu verlieren, eine gute Flasche Wein öffnen würde.

Eddy zog den Schlüssel aus der Tasche, und wie immer in den letzten zwei Tagen, wenn er vom Einkaufen zu seiner Wohnung zurückkehrte, überkam ihn ein eigenartiges Gefühl. Als ginge er in eine Opiumhöhle. Eine Mischung aus Verbot, schlechtem Gewissen und warmer, kribbelnder Vorfreude. Es war keine Lösung, half aber gut über die nächsten Stunden hinweg.

Drei Tage nach dem Konzert am Winterfeldmarkt hatten Agnes und er sich auf einen Kaffee getroffen, waren anschließend zu ihm gegangen und befanden sich seitdem auf der Biolatexmatratze in einer Art Sex-Raumschiff. Viele tausend Kilometer entfernt gab es Berlin, König, Polizei, Angst und Gefängnis, bei ihnen dagegen existierten nur nackte Haut und Schweiß und die Musik von Richard Hawley. Agnes war eine blonde Wucht aus Aachen – was fast alles war, was Eddy über sie wusste, denn zum Reden waren sie kaum gekommen –, und wenn sie nicht hin und wieder hungrig geworden wären, hätten sie auf den Planeten da draußen ganz verzichten können. Eddy sowieso.

Doch als er nun in den Flur trat, kamen ihm anstatt romantischer Gitarrenschlager und des schweren, süßlich würzigen Dufts, der sich in den letzten drei Tagen in der Wohnung eingenistet hatte, Talkshow-Lärm und frische Luft entgegen.

Eine aufgeregte weibliche Stimme rief aus dem Fernseher im Schlafzimmer: »...Das ist doch unglaublich! Sie wollen doch nicht allen Ernstes gewisse... selbstverständlich unschöne – und ich bin eine der Ersten, die das anprangert, aber lassen wir doch die Kirche im Dorf: Auswüchse oder Randerscheinungen der ganz normalen globalen Wirtschaftsentwicklung mit einem offenbar geplanten, grausamen Mord gleichsetzen?!«

Eddy hielt, die Türklinke in der Hand, inne. Geplanter grausamer Mord...?

»...Wo kommen wir denn da moralisch hin?! Damit öffnen Sie doch jedem denkbaren Verbrechen Tür und Tor! Und dann sind wir ruck, zuck! beim Kommunismus – und zwar bei der stalinistischen Variante!«

Leise drückte Eddy die Tür zu, legte die Einkäufe am Boden ab und zog langsam die Jacke aus.

»...Ja, Herr Doktor, da lachen Sie! Was glauben Sie denn, was der Kommunismus anderes macht als komplizierteste Weltzusammenhänge herunterzudeklinieren auf ein paar Ausbeuter da oben und leidende Massen hier unten? Und dann kommt die spätestens seit der Französischen Revolution bekannte Kosten-Nutzen-Rechnung: Bringen wir die paar da oben um, ist die überwältigende Mehrheit der Weltbevölkerung von ihrem Leiden befreit. Hören Sie auf zu lachen! Das ist genau das, was Sie hier vertreten! Denken Sie Ihre Äußerungen doch nur konsequent zu Ende!«

Eine behäbige Männerstimme, deren Besitzer sich Mühe gab, amüsiert zu klingen, antwortete: »Aber Frau Antević, nu ma langsam mit die Pferde. Stalinismus – da müssen Sie doch selber lachen...«

»Kommunismus der stalinistischen *Variante*, habe ich gesagt!«

Eddy nahm den Strauß Margeriten vom Boden, blieb aber im Flur stehen.

»Na schön, Frau Antević, aber das ist in dem Zusammenhang, den wir hier besprechen, nun wirklich an den Haaren herbeigezogen. Alles, was ich gesagt habe, ist: Unter den Geschäften und Machenschaften – ob legal, halblegal oder illegal – eines rein an Profit interessierten Global Players, der keiner Region in der Welt und in diesem Fall nicht mal seiner Heimatstadt gegenüber irgendeine Verantwortung verspürt, leiden Menschen in der ganzen Welt. Von China über Afrika bis Südamerika wird geschuftet, gehungert, vegetiert, gestorben, damit bei uns die Aktien steigen – darüber müssen wir uns als informierte Europäer doch nichts vormachen, Frau Antević. Nehmen Sie nur mal Horst Königs Ölgeschäfte, und vergessen Sie für einen Moment die achttausend Entlassenen bei Deo – immerhin kriegt man bei uns in so einer Situation ja noch Arbeitslosengeld, Hartz vier und so weiter, und keiner muss fürchten, dass ihm die Kinder verhungern. Doch was glauben Sie denn, wer für die enormen Profite sorgt, die Horst Königs kanadische Ölgesellschaft seit dem Jahr zweitausendeins macht? Das natürliche Wachstum, die Raffinesse, mit der König seine Geschäfte betrieben hat, der liebe Gott? Ich verrat's Ihnen: zigtausend tote Iraker und Unterschichts-US-Amerikaner, Millionen Flüchtlinge, der Zusammenbruch der irakischen Ölförderung, eine völlig aus dem Häuschen geratene Region und die ohnehin zunehmende weltweite Ressourcenknappheit, unter der natürlich auch wieder zuallererst die Armen dieser Welt leiden. Und das Einzige, was ich dazu gesagt habe, ist: Ich kann die Wut vieler Leute auf einen wie König verstehen. Und wenn er sich dann auch noch dreist von der ganzen Stadt als Retter der Wirtschaft feiern lässt, während die Verträge für die Abwicklung der Deo-Werke offenbar schon unterschrieben waren, dann kann ich auch verstehen, dass die Wut kurzfristig überkocht.«

»Und dass man ihm den Schädel einschlägt!«

»Das legen Sie mir in den Mund, Frau Antević, und das ist lächerlich. Ich bin weit davon entfernt, irgendeine Art der Gewaltanwendung gutzuheißen. Trotzdem muss man doch die Verhältnismäßigkeit sehen. Und darum sage ich noch mal ganz deutlich: Königs Geschäfte führen indirekt und manchmal wahrscheinlich auch direkt weltweit zum Tod sehr vieler Menschen. Das will ich nicht gegeneinander aufrechnen, aber das will ich doch wissen!«

Ein anderer Mann, seinem neutralen Tonfall nach zu schließen wahrscheinlich der Talkmaster, fragte: »Haben Sie das riesige Graffito über dem Haupteingang der Deo-Werke gesehen? *Königs Mörder – Volkes Held!*«

Ach, du lieber Himmel, dachte Eddy, *Volkes Held, Französische Revolution* – wenn sie ihn doch irgendwann erwischten, würde er es noch zum Poster oder Aufkleber bringen: das Gesicht in Schwarz und Grau, roter Hintergrund, Spiegelbrille, wehendes Haar, in schwarzen Buchstaben *Comandante Eddy – fünf Finger sind eine Faust* oder *Der Kampf geht weiter* oder so. Und das hinge dann in jeder dritten Kreuzberger Küche, während er im Knast Wäscheklammern zusammensetzte. Oder wie Arkadi gesagt hatte: vom Knastgangboss jeden Abend in den Arsch gefickt würde.

Er gab sich einen Ruck, ging durch den Flur und betrat das Schlafzimmer.

Die Fenster standen offen, und lauer Frühlingswind wehte herein. Auf dem Fernsehbildschirm in der Ecke war das hagere Gesicht eines langhaarigen Mannes zu sehen, der gerade sagte: »Ich persönlich halte das für eine Kinderei...«

Agnes lag nackt im Bett, die Decke bis zum Bauchnabel heruntergezogen, die vollen, weißen Brüste wie für Eddy angerichtet. Sie wandte den Blick vom Fernseher ab, betrachtete ihn mit ihren gletscherblauen Augen, sah den Strauß Margeriten und zeigte ein lässiges, zufriedenes Lächeln: »Na, Süßer.« Dabei glaubte Eddy zu sehen, wie ihre Brustwarzen steif wurden.

»Hey, Sexgöttin«, erwiderte Eddy, und eigentlich war alles wie immer in den letzten Tagen. Er hätte jetzt nur die Blumen weglegen und sich ausziehen müssen. Später wäre er dann in die Küche gegangen, um Orangensaft, Rührei und Kaffee zuzubereiten, und nach dem Frühstück hätten sie zwischen Tellern und Krümeln wieder losgelegt.

Doch genau in dem Augenblick sagte die Frau in der Talkshow: »Ich halte das für alles andere als eine Kinderei. Hier werden Fanatismus und ein sadistischer Mord zum Akt der gesellschaftlichen Verantwortung hochstilisiert – und das in einer Stadt, in der jeder Fünfte zwischen zwanzig und vierundzwanzig arbeitslos ist. *Volkes Held* – stellen Sie sich vor, was das bei jungen, sozial benachteiligten, orientierungslosen Menschen anrichten kann? Wenn wir zulassen, dass der Mörder Horst Königs zum Symbol für den Widerstand gegen das sogenannte ›kapitalistische System‹ wird, dann prophezeie ich Ihnen, dass in den Straßen Neuköllns und Friedrichhains bald die Hölle los sein wird. Und darum kann ich nur stark hoffen, dass der Mörder möglichst bald gefasst wird. Damit die jungen Leute und die Urheber und Sympathisanten solcher Schmierereien sehen, was für eine vermutlich gestörte, kranke Person sie da zum Volkshelden erhoben haben. Denn eines wollen wir doch bitte nicht vergessen: Horst König ist elendig verbrannt, und das in Deutschland, wo das Verbrennen von Menschen ja nun eine ganz eigene, furchtbare Geschichte hat. Darum würde es mich auch nicht wundern, wenn sich herausstellt, dass der Mörder dem rechten Spektrum zuzuordnen ist: Globalisierungsgegner und Neonazi, wäre ja nichts Neues. Und dann, Herr Doktor, wenn so jemand öffentlich gefeiert wird, bin ich gespannt, ob Sie als erklärter Altlinker immer noch von ›Kindereien‹ sprechen werden. Übrigens habe ich auch schon gehört, dass im Internet Seiten kursieren, auf denen König als ›Vertreter des internationalen Judentums‹ bezeichnet wird…«

Hoppla, dachte Eddy, eben noch Wegbereiter des Kommunismus mit Zeug zum Posterboy, jetzt krankes Faschoschwein.

»He, Eddy, hallo…«

Eddy sah zum Bett. Agnes hatte den Kopf erhoben. »Alles in Ordnung?«

»Na klar. Verrückte Geschichte, was?«

»Ach, na ja.« Agnes ließ den Kopf zurück ins Kissen sinken. »Eigentlich wissen sie noch gar nichts – darum quatschen sie so viel.«

»Hmhm. Wurde irgendwas berichtet, wie weit die Polizei mit ihren Ermittlungen ist?«

»Nö. Nur dass König in einem Sofa verbrannt wurde. Sie haben das Modell vorhin in den Nachrichten gezeigt, jetzt suchen sie den Besitzer.«

»In einem Sofa? Na so was.«

»Ja…« Agnes zuckte mit den Schultern. »Wahrscheinlich einfach nur ein Sperrmüllteil, in dem sie die Leiche transportiert haben. Weißt du, was ich glaube?« Ihre Augen leuchteten vergnügt.

Eddy lächelte amüsiert, so gut es ging. »Nein, sag…«

»Dass der ganze Politkram Unsinn ist. Da steckt was Privates dahinter. Vielleicht 'ne alte Liebesgeschichte von ganz früher, und jetzt kommt König zurück nach Berlin und trifft die Frau wieder, die ist aber verheiratet, und ihrem Mann platzt der Kragen, und er schubst den König nur mal so 'n bisschen Richtung Treppe – verstehst du, der wollte den nicht umbringen, sondern ihm nur klarmachen, dass es für ihn hier nix zu holen gibt.«

»Aha.«

Agnes lachte. »Du denkst: Weiberphantasie. Aber ich sag dir: Ein Mörder, wie die sich den zusammenspinnen, der wäre doch an einen wie König nie rangekommen, mit seinen Leibwächtern, Alarmanlagen, kugelsicheren Limousinen und so weiter. Es muss jemand gewesen sein, den er kannte.«

»Glaubst du, viele denken über die Sache so nach wie du, ich meine, versuchen sich als Detektiv?«

»Na, logisch! Weil's ja auch dauernd im Fernsehen kommt. Als du gestern Abend die Thai-Currys holen warst, hab ich auch schon 'ne Sendung darüber gesehen. Aus aktuellem Anlass blabla, Titel: *Startschuss für Globalisierungsgegner.* Als wäre König erschossen worden, aber vielleicht wussten sie's gestern noch nicht besser. Jedenfalls: Die machen das ganz groß, das wird der Mord des Jahres, und natürlich sucht da jeder mit. Ich hab vorhin kurz mit 'ner Freundin in Aachen telefoniert, die hat mich als Erstes gefragt, ob ich auch zur Demonstration am Alexanderplatz ginge...«

»Zur Demonstration?«

»Ja, heute. Gegen die Schließung der Deo-Werke. Unter dem Motto *Deo-Werke bleiben in Tempelhof, Chinesen in China* und *Jetzt erst recht.* Passt auch nicht gerade, wenn man's mal bedenkt, aber wen interessiert das schon. Mich übrigens auch nicht. Hab ich auch meiner Freundin gesagt: Demonstration, König, Mord, was soll's – ich hab hier gerade super Tage...« Agnes nahm die Fernbedienung, schaltete den Fernseher aus und winkte

Eddy zum Bett. »Komm, Süßer, ich muss heute Abend fahren, und Globalisierung hin oder her, bis Aachen sind's immer noch sechs Stunden mit 'm Zug, so bald werden wir uns nicht wiedersehen. Lass uns die Zeit heute mal besser nutzen.«

Auch wahr, dachte Eddy, warf den Strauß Margeriten aufs Bett und knöpfte sich die Hose auf.

Romy

Später fragte Eddy sich noch oft, warum er Königs Tochter unbedingt hatte kennenlernen wollen. Vielleicht entsprang der Wille demselben Drang, der dem Sprichwort *Der Täter kehrt immer an den Tatort zurück* zugrunde liegt. Die Sehnsucht nach Milderung: Hier ist es geschehen, aber es ist gar nichts mehr zu sehen, die Sonne scheint, und die Vögel fliegen wie immer, alles halb so schlimm. Da das Sprichwort in diesem Fall nicht oder nur auf absurde Weise anwendbar war, weil Eddy täglich mindestens vier bis sechs Mal beim Brötchenholen oder Müllrunterbringen, wenn man so wollte, an den Tatort zurückkehrte, erhoffte er sich solche Milderung womöglich bei einer von der Tat unmittelbar Betroffenen: Ihr ist es geschehen, aber es ist kaum mehr was zu sehen, die Vögel fliegen wie immer, alles nicht ganz so schlimm.

Vielleicht leiteten ihn aber auch einfach sein Gewissen und das unbestimmte Gefühl, er sei irgendwem eine Erklärung schuldig. Nicht direkt und mit den Karten auf dem Tisch von wegen: Ich habe mich gewehrt, er ist gestolpert und mit dem Kopf auf die Harpune, sondern um die Ecke: Hey, Sie sind die Tochter von Horst König? Tut mir wirklich leid, das mit Ihrem Vater. Übrigens glaube ich nicht, dass an dem, was die meisten Leute reden, was dran ist. Niemand hat Ihren Vater so sehr gehasst, dass er ihn absichtlich erschlagen und verbrannt hätte. Ich bin sicher, es war irgendein blöder Unfall, Ihr Vater ist gestolpert oder ausgerutscht und mit dem Kopf irgendwo gegengeknallt. Und ein zufällig rumstehender Typ hat ihn erkannt und Angst bekommen – auweia, der König, und ich bin doch arbeitslos, und bestimmt glauben die, ich hätte ihn aus lauter Proletenwut und Unterschichtenhass erschlagen, und...

Und hat ihn darum in einem Sofa in den Wald geschleppt und verbrannt?

Eddy sah von seinen Schuhspitzen auf. Was für ein Schwachsinn, die Leiche zu verbrennen. Ohne Arkadi hätte er sie einfach in irgendeine Bushaltestelle gelegt und das Sofa auf den Müll geworfen. Und es hätte tatsächlich wie ein Unfall ausgesehen. Andererseits: Ohne Arkadi befände sich König womöglich noch heute bei ihm unterm Bett.

Arkadi... Vor vier Tagen, am Abend nach Agnes' Abreise, hatte Eddy ihn angerufen. Königs Tod war inzwischen Thema auf allen Fernseh- und Radiokanälen, in jeder Kneipe und an jeder Bushaltestelle; am nächsten Tag wollte sich der Berliner Bürgermeister bei einer Pressekonferenz zur Rolle des Senats beim Verkauf der Deo-Werke äußern, und die Bundeskanzlerin hatte in einem kurzen Interview gesagt, das Wichtigste sei, so schnell wie möglich den oder die Täter zu fassen und zu klären, ob der Mord einen, und wenn, dann welchen, politischen Hintergrund habe – »... Der Umstand, dass das Verbrechen sowohl von Links- wie Rechtsextremisten begangen worden sein kann, sollte der demokratischen Mehrheit in unserem Land jedenfalls eine eindrückliche Warnung und Anlass zur Überprüfung gewohnter Denkmuster sein.«

»Ach, Eddy... na?«

»Hallo, Arkadi. Alles okay? Wie ... ähm ... geht's?«

»Danke, bestens. Nur ein bisschen verschnupft. Und... ähm... selber?«

Arkadi äffte ihn nach. Ein ganz schlechtes Zeichen. Arkadi äffte nie nach. Darin waren sie sich immer einig gewesen: Nachäffen war was für Nullen.

»Ehrlich gesagt, geht so. Ich wollte dich...«

Arkadi unterbrach ihn: »Bitte, Eddy, aus Geschmacksgründen: Sag zu mir nicht ›ehrlich gesagt‹.«

Eddy räusperte sich. Natürlich hatte er erwartet, dass es mit Arkadi nicht ganz einfach werden würde, aber auf eine derartige Zickerei war er nicht gefasst.

»Entschuldige. Ich rufe an, weil ich dich so bald wie möglich sehen möchte, am besten noch heute Abend. Ich muss dir dringend was erklären.«

»Ach ja? Ehrlich gesagt – und wenn *ich* das Wort ›ehrlich‹ benutze, dann um meinem Gesprächspartner möglichst jeden Zweifel an meiner Aufrichtigkeit zu nehmen –, also ehrlich gesagt: Es gibt nichts mehr zwischen uns, was ich er- oder geklärt haben möchte, was wir nicht am Telefon besprechen können.«

»Am Telefon ...« Eddy zögerte. *Nichts mehr, nichts mehr,* was meinte Arkadi mit *nichts mehr?* »... Da bin ich aber anderer Meinung.«

»Hör einfach nur zu: Du bist aus Lover's Rock raus. Ich hab mich schon nach einem neuen Partner umgeguckt. Wenn du um den Namen streiten willst, zeig ich dich an.«

»Du zeigst mich an ...?!« Eddy setzte sich im Bett auf. Sein Herz begann zu hämmern.

Arkadi lachte bitter. »Kannst du dir nicht vorstellen, was? Tja, ich konnte mir auch vieles nicht vorstellen. Man lernt eben nie aus.«

Eddy wusste nicht, was er sagen sollte. Ihm wurde zunehmend übel.

»Eddy?«

»Ja?«

»Dir hat's doch nicht etwa die Sprache verschlagen? Wegen so einer Lappalie. Ich habe dich schon in sehr viel kniffligeren und bedrohlicheren Situationen sehr souverän und geradezu witzig erlebt: ›He, ihr seid vom Film?!‹ Während du ein außergewöhnlich schweres, oder besser: beschwertes Möbel auf den Schultern trugst...«

»Arkadi...!« Bei dem Gedanken, Arkadi könne vor lauter Wut anfangen, die Dinge am Telefon beim Namen zu nennen, geriet Eddy endgültig in Panik.

»Hast du Angst, Eddy?«

»Ich... Hör zu, Arkadi, ich verstehe, dass du...«

»Du verstehst nichts!«, schnitt ihm Arkadi das Wort ab. »Nichts von mir und nichts von Lilly, Sally oder Adam! Denn würdest du auch nur das Geringste von uns verstehen, hättest du mich nie – niemals! – gebeten, dir zu helfen! Du hättest gewusst, dass, wenn du meine Familie in Gefahr bringst, dass das nicht wiedergutzumachen ist. Hätte ich eine Ahnung gehabt, um was und wen es da ging, ich schwöre, ihr wärt gemeinsam auf Fahrt gegangen. Ich bin Karatemeister. Ich muss mich immer unter Kontrolle haben, mit einem einzigen gezielten Schlag kann ich ein Pferd umbringen. Wenn ich in den letzten zwei Tagen Sally und Adam im Garten spielen sah und an dich dachte, verlor ich diese Kontrolle jedes Mal. Also versuch wenigstens, das zu verstehen: Es ist in unser aller Interesse, dass wir es beim Telefonieren belassen.«

Eddy starrte mit offenem Mund vor sich hin. Arkadis Worte metzelten sich durch seinen Kopf.

»Nur eins noch – und zwar damit du so wenig Chancen wie möglich hast, deine Verluste kleinzurechnen, und natürlich damit du leidest: Lover's Rock hat einen Plattenvertrag angeboten bekommen. Ich und mein neuer Partner werden mehr Coverversionen spielen müssen, da deine Songs ja nun wegfallen. Das ist schade für die Musikgeschichte, weil du ein paar wirklich schöne Sachen geschrieben hast, aber toll für meine Wut. Okay, und nun: keine überraschenden Besuche, keine Anrufe mehr, kein Kontakt, weder zu mir noch zu meiner Familie – verpiss dich, Eddy!«

Erneut erwischte Eddy sich dabei, wie er auf seine Schuhspitzen starrte. So ging das nun schon seit

Tagen. Arkadi, Lover's Rock, die Schuldgefühle gegenüber Königs Tochter, die Vorstellung einer Zweimannzelle, das Bild, wie er mit Ende fünfzig, spindeldürr und mit schütterem Haar, aus dem Gefängnis entlassen würde – immer wieder ließen ihn seine Gedanken unwürdige Körperhaltungen einnehmen: gesenkter Kopf, hängende Schultern, schleppender Gang.

Eddy gab sich einen Ruck, straffte die Brust und sah hinüber zum Hotel Kempinski, wo die Trauerfeier für Horst König stattfinden sollte: Los geht's, auf, zack, zack!, hier spielt die Musik, das Leben geht weiter! So leicht lässt sich Eddy Stein doch nicht unterkriegen! Und ob die Plattengesellschaft Lover's Rock für die tausendsten Coverversionen von *Should I Stay Or Should I Go* oder *The Guns Of Brixton* unter Vertrag nehmen würde, das wollte er doch erst mal sehen! Als seien es nicht seine Lieder, *Das Schwein hat mich nicht angefasst, Das Fräulein aus Hohenschönhausen* oder *Onkel Wodka,* die sie von den üblichen Straßenbands abhoben! Die das Publikum aufhorchen ließen. Die sich über die Jahre auf selbstgepressten CDs schon einige tausend Mal verkauft hatten. Von Arkadi dagegen spielten sie nur einen Song, und den, was Eddy anging, auch nur aus Fairnessgründen: *Mit dir über die Dächer fliegen,* in einem weichen, süßlich melodiösen Zigeunerjazz-Arrangement. Wenn der kam, war das immer der Moment, in dem das Publikum anfing, Handys zu checken, sich wieder den Einkäufen zuzuwenden oder dem Freund oder der Freundin den Komm-jetzt-reicht's-Blick zuzuwerfen. Eddy hatte darüber nie ein Wort verloren, aber bei *Mit dir über die Dächer fliegen* waren in all den Jahren keine zehn Euro in den Gitarrenkoffer gefallen. Darum konnte sich eine Plattengesellschaft, die an Lover's Rock ohne Eddy-Stein-Songs interessiert war, eigentlich nur als Schlagerbude entpuppen: CD-Herstellung in Heimarbeit, selbstentworfenes Deckblatt, und der Chef mit dem Produktkoffer auf Verkaufstour von Volksfest zu Volkfest. Und dann, dachte Eddy, muss Arkadi *Mit dir über die Dächer fliegen* als russische Volksweise bringen mit Balalaika und den Refrain im Chor mit der besoffenen Schwester vom Chef, und schreibt womöglich noch mehr solches Zeug, *Wenn die Rosen blühn* oder *Eine Liebe am Baikalsee,* und dann kauf ich mir die CD und lass das auf meinem Anrufbeantworter laufen, und wenn Arkadi jemals wieder versucht, mich zu erreichen, kann er sich den Dreck... Ach, Scheiße, dachte Eddy.

Er schüttelte den Kopf, als wollte er eine hartnäckige Fliege vertreiben und hätte keine Hand frei. Dann sah er wieder hinüber zum Hotel. Hier spielt die Musik!

Aber sie spielte nur sehr verhalten. Im Umkreis von etwa fünfzig Metern um den Hoteleingang verteilten sich drei Polizeiautos und etwa ein Dutzend zivile Sicherheitsbeamte. Manchmal sagten sie etwas in winzige Mikrofone, ansonsten war in den letzten zwei Stunden nichts passiert. Die Beerdigungsgesellschaft hatte gegen Mittag eintreffen sollen, inzwischen war es zehn vor zwei.

Eigentlich war für die Trauerfeier ein alteingesessenes Neuköllner Lokal vorgesehen gewesen, in dem schon Königs Großvater halbe Hähnchen mit Krautsalat gegessen hatte. Doch sowohl die Initiatoren der Protestbewegung *Deo bleibt* wie verschiedene Bürgerorganisationen und Gewerkschaftsvertreter hatten in den letzten Tagen vor einer solchen »Provokation im von Arbeitslosigkeit und Armut stark betroffenen Bezirk Neukölln« gewarnt. »Allein bei der Vorstellung«, hatte einer der Wortführer von *Deo bleibt* in den Lokalnachrichten gesagt, »wie Herrn Königs Familie und Freunde inmitten dieses sozialen Brennpunkts ihre Trauer mit Champagner begießen und Lachshäppchen verspeisen, stellen sich mir die Nackenhaare auf. Und dabei bin ich der Letzte, der ihre Gefühle nicht respektiert. Aber andere Menschen haben auch Gefühle, und nur weil viele von denen mit ein paar hundert Euro im Monat auskommen müssen, ist das kein Grund, weniger respektvoll mit ihnen umzugehen. Warum veranstalten Königs die Trauerfeier nicht in ihrer Villa in Potsdam und lassen uns mit ihrer Nostalgieanwandlung zufrieden?«

Ob Königs Mutter sich die Kneipe als Ort gewünscht hatte? Eddy hatte in *Boulevard Berlin* ein Foto von ihr gesehen, auf dem sie mit einer Roll-Einkaufstasche einen Gemüseladen betrat. Trotz ihrer siebenundachtzig Jahre wirkte sie gesund und rüstig, und obwohl die Anwesenheit des Fotografen sie offenbar überraschte und irritierte, gab sie sich Mühe, einigermaßen freundlich in die Kamera zu gucken. Sie gehört einer Generation an, dachte Eddy, für die Fotoapparat und freundlich gucken noch eins ist. Kein Gedanke an Digitaltechnik, tausendfaches Klicken, Speichern oder Löschen – ein Foto, dieses Wunder aus Papier, Belichtung und Entwicklerbad, durfte nicht verpatzt werden, und wenn der Moment noch so unpassend war. Unter dem Foto stand: *Mit fast neunzig immer noch selber zum Einkaufen. Schaut die Mutter von Horst König so gut gelaunt, weil sie nun endlich das Geld für einen geruhsamen Lebensabend erbt, das der Sohn ihr zu Lebzeiten verweigerte?*

Der Artikel stammte wie alle Artikel in *Boulevard Berlin* zum Thema »König« von Braake Schabraake. Im Laufe der Ereignisse der letzten Wochen war er zu einer Art Spezialist in Sachen König geworden. Eddy hatte ihn auch schon im Fernsehen gesehen.

Frage des Reporters der Sendung *Hauptstadt-News:* »In Ihren Artikeln klingt immer wieder an, die Trauer im Hause König sei womöglich nicht ganz hundertprozentig?«

Antwort Braake: »Nun, es ist eine sehr große, sehr internationale Familie, mit sehr unterschiedlichen Herkünften und Interessen, und um die verschiedenen Stränge zusammenzuhalten, musste König sicher oft mit einer gewissen Autorität agieren. Das wird nicht immer allen gefallen haben.«

»Sie meinen, Horst König war der klassische Tyrann, und mit seinem Tod bricht die Familie auseinander?«

»Das Wort ›Tyrann‹ erscheint mir ein bisschen stark. Ich würde sagen, König war ein Familienoberhaupt im typisch konservativen, althergebrachten Sinne. Und wenn man sein Temperament, seine Vitalität, seinen unbedingten Willen bedenkt, dann war es bestimmt für niemanden einfach, aus dem von König gewünschten Rahmen auszubrechen.«

»Könnten Sie sich in dem Zusammenhang vorstellen, dass der Mord entgegen der allgemeinen Annahme vielleicht doch keinen politischen Hintergrund hat?«

»Um Gottes willen, nein ... Ich bin mir ganz sicher, dass für diese Tat nur ein wirrer Fanatiker in Frage kommt, oder höchstens noch ein Auftragskiller – so was kann man ja heutzutage im internationalen Geschäftsleben leider nie ganz ausschließen. Aber dass irgendein privates Motiv dazu geführt hätte – völlig undenkbar! Was aber natürlich nicht heißt, dass nun jeder Freund und jedes Familienmitglied keine Sekunde an den einen oder anderen Vorteil denkt, den Königs Ableben für ihn oder sie mit sich bringen könnte. Vergessen wir nicht: Es gibt ein gewaltiges Erbe zu verteilen.«

»Es finden sich immer mehr Leute, die Königs Mörder als Volkshelden bezeichnen.«

»Das ist natürlich absurd! Einerseits. Andererseits ist es zweifellos so, dass König mit der Zerschlagung der Deo-Werke unzählige Existenzen und die Hoffnung einer ganzen Stadt zerstört hat. Jemand, der plötzlich arbeitslos ist, seinen Kindern keine Schuhe mehr kaufen kann ... Wer möchte über dessen wütende Äußerungen Richter sein?«

Braake Schabraake im Fernsehen zu sehen war für Eddy eine bizarre Zeitreise gewesen. Braake hatte sich in den letzten zwanzig Jahren kaum verändert. Immer noch der gleiche verschlagene, gierige Blick, der einem nie direkt in die Augen ging, sondern gerade so knapp daran vorbei, dass man sich nach einer Weile unwillkürlich umdrehte, ob hinter einem jemand Grimassen schnitt, vielleicht ein Haus brannte oder ein Zeppelin vorbeiflog. Sogar ein mit allen möglichen Ticks und Maschen vermutlich vertrauter Gesprächs- und Kameraläuft-Profi wie der Fernsehreporter sah sich gegen Ende des Interviews mehrere Male irritiert über die Schulter.

Auch Braakes Lächeln war noch das gleiche: ein blasierter, schiefer, hinterhältiger, sich in der Mitte leicht teilender Strich, als wollte er gleich in irgendwas beißen – etwas, was jemand anderem gehörte, jemandem, der was-auch-immer-es-war lieber unangebissen gehabt hätte, der aber nicht die Macht besaß, Braake am Beißen zu hindern.

Und schließlich der gedehnte, gelangweilte, ätzende Tonfall, der eigentlich nur für Kränkungen, Schmähungen und Überheblichkeiten jeder Art zu taugen schien. So hörte Eddy bei der Antwort »Das Wort Tyrann erscheint mir ein bisschen stark« automatisch den stillen Zusatz mit: Mann, du blödes Fernsehspießerlein, versuch bloß nicht, mir zu sagen, was ich meine, wenn du wenigstens nicht so völlig ungenießbar aussehen würdest, dann könnten wir mal kurz hinter den Bauwagen da gehen. Es war der Tonfall gewesen, der den Bassisten zu der Bezeichnung ›Giftschwuchtel‹ inspiriert hatte.

Äußerlich dagegen war Braake Schabraake ordentlich vorangekommen. Der perfekt sitzende – Eddy vermutete – Prada-Anzug, die Hermès-Krawatte, die fette Rolex, der braune Yachtbesitzer-Teint, der das immer noch knochige, spitze Gesicht ein bisschen weniger ungesund wirken ließ, die halblangen und lässig ungekämmt getragenen Haare, bis hin zur ockerfarbenen, schmalen, dezent über der Brust hängenden Lesebrille, die sogar Eddy einen Augenblick lang dazu brachte, Braakes Erscheinung auf dem Bildschirm nicht als völlig unseriös zu empfinden.

Eddy wusste: Man durfte Braake nicht unterschätzen. Er war so über jedes Maß schlecht, dass es lange Zeit kaum zu glauben war, und ehe man endlich anfing zu begreifen, hatte man manchmal schon alles verloren, was Braake einem nehmen wollte: Spaß im Probenraum, Freundschaften, eine gemeinsame Zukunft als Rock-'n'-Roll-Band. Zwei Monate nach Braakes Rausschmiss lösten sie die Band auf. Braake hatte in der kurzen Zeit seiner Mitgliedschaft am Ende doch mehr Misstrauen und Eifersucht gesät, als eine Gruppe stolzer junger Männer in der Lage war, durch ein paar Ein- und Zugeständnisse aus der Welt zu schaffen. Vielleicht würde ›Keine Lieder für Studenten‹ ohne die Erfahrung mit Braake heute noch Musik zusammen machen.

Bei diesen Gedanken ging Eddy plötzlich auf, wie wahrscheinlich es war, dass Braake als selbsternannter Familie-König-Spezialist versuchen würde, sich in die Trauerfeier zu schleichen. Bei dem ganzen Dreck, den er in den letzten zwei Wochen auf die Familie geschleudert hatte, war es ausgeschlossen, dass man ihn freiwillig reinließe. Eddy nahm sich vor, je nachdem wie nahe er selbst der Feier käme, auf Perücken, falsche Bärte und sich merkwürdig verhaltendes Personal zu achten. Braake nebenher hochgehen zu lassen, wäre wenigstens ein kleines Vergnügen während dieses voraussichtlich eher unvergnüglichen Nachmittags. Und dann wollte er gerne mit ansehen, wie Familie König gemeinsam auf Braake einschlug: die Mutter, *die von ihrem Sohn finanziell vernachlässigt worden war und sich nun über das Erbe freute;* die Ehefrau, *die in jungen Jahren in Softpornos mitgespielt hatte, deren Familie in der New Yorker Mafia- und Triadenszene rund um Chinatown eine bedeutende, wenn auch nie gerichtlich nachgewie-*

sene Rolle spielte und die ihrem Mann wohl schon seit New Orleanser Tagen alle möglichen Fensterputzer, Gärtner oder Raumausstatter vorzog; Tochter Chantal, *die, von Kind an magersüchtig, inzwischen die meiste Zeit in einer Prominentenklinik in den Schweizer Alpen verbrachte;* und schließlich Romy, *das wohl schwärzeste Schaf der Familie – oder besser: der schwarze Schwan. Eine gefährlich schöne, eurasische Prinzessin der Nacht. Schon mit sechzehn lief sie ohne Schulabschluss von zu Hause weg, pendelte mit dem Geld ihres Vaters zwischen New York und Europa, stürzte sich in unzählige Affären, verbrachte ihre Zeit auf Rockkonzerten und Drogenpartys und lebte in Vancouver viele Jahre mit einem militanten Umweltaktivisten zusammen, der – bezeichnender Zufall oder traurige Absicht? – sich ausgerechnet dem Kampf gegen die Ausbeutung riesiger Ölsandvorkommen im Nordwesten Kanadas verschrieben hatte – also genau das Geschäft, das ihr Vater seit einigen Jahren betrieb. Es ist nicht der einzige Hinweis darauf, dass Romy König sich wohl bis heute, immerhin ihrem dreiunddreißigsten Lebensjahr, in einem Zustand permanenter pubertärer Auflehnung gegen den Vater, die Familie, ihre soziale Herkunft befindet. Was sie nie davon abgehalten hat, von Papas Kreditkarte zu leben. Wie ein enger*

Freund berichtet: »Romys Partys in Vancouver waren legendär: Champagner, Sushi, Koks bis zum Abwinken, Livebands – Romy war der von vielen gehasste Star der Vancouver Alternativszene. Einerseits brachte sie Leben in die Bude, und viele Aktivisten aus der Gruppe ihres Mannes schnupften bei Romy wohl zum ersten Mal im Leben Kokain, andererseits widersprachen Genusssucht und Verschwendung bei solchen Veranstaltungen natürlich sämtlichen Inhalten der Bewegung.« Alles in allem muss man feststellen: Romy, die – trotz allem – Lieblingstochter ihres Vaters, der sich wohl nichts mehr als einen kleinen Stammhalter von ihr gewünscht hätte, fühlt sich von sozialen Rücksichten, ob sie nun die Familie oder den Freundeskreis betreffen, sowie jeder Art von Verantwortung frei. Man mag sich nicht vorstellen, wo sie ohne die Millionen ihres Vaters gelandet wäre und wie viel Enttäuschung diese Unreife einem Selfmade-Superman wie Horst König bereitet hat...

Eddy hob den Kopf. Bei den Sicherheitsbeamten vorm Kempinski kam Bewegung auf. Sie drückten ihre Empfängerknöpfe fester in die Ohren, lauschten konzentriert, antworteten in winzige Mikrofone, wandten sich zum Ku'damm Richtung Halensee. Eddy schaute ebenfalls in die Richtung.

Im ersten Moment sah er nur den üblichen Verkehr, dann schälte sich langsam eine Wagenkolonne aus Mercedeslimousinen, dunklen Jeeps, Jaguars, BMWs und schicken Oldtimern heraus. Die Kolonne fuhr deutlich langsamer als die Autos, die links überholten. Kein Zweifel, es war eine bewusste Zurschaustellung von Reichtum und Stolz: Uns kriegt ihr nicht unter! Auch dass man die Trauerfeier anstatt in Potsdam, wo die Beerdigung stattgefunden hatte, im Kempinski, dem Westberliner Luxussymbol aus Mauerstadtzeiten, veranstaltete, sollte, da war sich Eddy sicher, ein Zeichen sein. Zum einen, dass man sich nicht so einfach aus der Stadt vertreiben ließ, zum anderen: Wir, die Imbissbuden-Königs aus Neukölln, die sich früher kaum den Kaffee in der piekfeinen Schnöselklitsche leisten konnten, mieten heute einfach den halben Laden! Im Gedenken an Horst! Mit dem Geld von Horst! Eurem Obermonsterkapitalisten! Leckt uns am Arsch!

Als die Kolonne auf der Höhe des Kempinski im Schritttempo in das extra für diesen Anlass gesperrte Stück Fasanenstraße einbog, an dem sich der Hoteleingang befand, und sich das leise Schnurren der teuren Motoren wie eine Geräusch gewordene Cashmere-Decke über den Ku'damm legte, schien für einen Augenblick die Zeit stehenzubleiben. Passanten machten halt, eben noch quengelnde Kinder verstummten, Verkäuferinnen schauten aus ihren Läden, der Verkehr auf der Gegenfahrbahn kam fast zum Erliegen. Nur die in Hauseingängen und parkenden Autos mehr oder weniger unauffällig wartenden Zeitungsfotografen schienen sich nun zum ersten Mal seit Stunden zu bewegen und brachten ihre Kameras in Position.

Dann strömte eine Schar von Kempinski-Bediensteten in grauen Uniformen aus dem Eingang, riss Wagentüren auf, reichte Frauen den Arm, half älteren Herrschaften aus dem Sitz, während die ersten Limousinen von den Chauffeuren schon wieder weggefahren wurden. Bald standen etwa hundertfünfzig ganz in Schwarz gekleidete Menschen auf dem Bürgersteig. Und zwar tatsächlich ganz in Schwarz, so wie Eddy es noch auf keiner Beerdigung zuvor gesehen hatte. Weder weiße Hemdkragen noch helle Mäntel, noch die ein oder andere farbige Bluse. Vielleicht wollte Familie König der Presse nicht den geringsten Anlass liefern, die Betroffenheit der Trauergäste in Zweifel zu ziehen, und hatte auf besonders strengen Kleiderregeln bestanden. Nur die goldenen Chanel- und Dior-Embleme an Sonnenbrillen, Handtaschen und Gürteln, die da und dort wie einzelne Sterne aus einem dunstigen Nachthimmel hervorblitzten, erinnerten daran, dass sich die Anwesenden eigentlich auf der bunten, glitzernden Seite des Lebens befanden.

Als Letztes fuhr eine sechstürige Stretchlimousine vor. Die Gespräche verstummten, und wie von einem unsichtbaren Ordner dirigiert, trat die Menge vor der Limousine zur Seite, bis ein breites Spalier zum Hoteleingang entstand. Die Türen der Limousine öffneten sich, und ihr entstieg Familie König. Zuerst die immer noch jung wirkende Witwe, dann die fast neunzigjährige Mutter mit Hilfe ihrer Kinder Sabine und Günther und schließlich die Töchter.

Eddy hob sein kleines Taschenfernglas. Beide Töchter hatten verweinte, erschöpfte Gesichter, doch während die eine sich trotzdem zu einem traurigen Lächeln für die wartenden Gäste durchrang, wirkte die andere fast wütend. Als seien ihr der Auftritt, die Menschen, der Ort oder alles zusammen zuwider. Wenn an Braakes Geschreibe nur ein bisschen was dran ist, dachte Eddy, dann muss das die von »sozialen Rücksichten freie« Romy sein, die »gefährlich schöne, eurasische Prinzessin der Nacht«. Tatsächlich wirkte sie umwerfend. Dabei ging es gar nicht so sehr um objektive Schönheitsmerkmale wie ihre dunklen, sanft geschwungenen asiatischen Augen, die vollen Lippen oder die feine, aber nicht niedliche Nase und auch kaum um das ziemlich sexy Trauerkleid oder den schicken Bob-Haarschnitt, sondern um das, trotz ihrer Laune, unglaubliche Strahlen. Als hätte sich mit ihrer Ankunft das Licht vor dem Hoteleingang verändert. Die ohnehin schon schwarze Trauergesellschaft schien noch eine Spur düsterer, noch einen Tick mehr zur konturlosen Masse aus Köpfen und Kleidern geworden zu sein, während sich aller Glanz um Romy legte. Eddy konnte durchs Fernglas sehen, wie einigen Männern der Mund offen blieb.

Donnerwetter, dachte Eddy, meine Nachbarin.

Die Trauergesellschaft war seit einer halben Stunde im Hotel verschwunden, die Straßensperre aufgehoben, und nur die abseits geparkten Polizeiautos deuteten noch darauf hin, dass im Hotel irgendwas Besonderes stattfand. Vor dem Eingang standen neben einem Kempinski-Empfangsportier zwei der zivilen Sicherheitsbeamten und nippten an Starbucks-Pappbechern. Ihre Kollegen waren mit der Trauergesellschaft ins Hotel gegangen. Vielleicht hatte man mit einer unangemeldeten Demonstration oder zumindest ein paar aufgebrachten Schreihälsen gerechnet, doch alles war ruhig geblieben, und inzwischen schienen die Beamten den Job ziemlich locker zu nehmen. Sie unterhielten sich mit dem Portier, lachten, sahen Frauen nach. Was nicht bedeutete, dass nicht jeder, der ins Hotel hineinwollte und vom Portier nicht als Gast identifiziert wurde, einer Ausweis- und Taschenkontrolle unterzogen wurde. Abgesehen davon, dass Eddy seinen Ausweis nicht dabeihatte, hielt er es auch nicht für ratsam, seinen Namen im Zusammenhang mit König von einem Sicherheitsdienst registrieren zu lassen.

In der Eingangspassage eines Geschäfts für Orientteppiche klebte er sich einen dicken, wulstigen Leberfleck auf die Stirn und einen mächtigen blonden Seehundschnauzer an, kämmte sich die Haare mit Hilfe von Spucke zu einer drittklassigen Föhnwelle, stellte den Kragen seines leichten dunkelblauen Baumwollmantels auf, schob die Sonnenbrille auf die Stirn und tat Paul-Newman-blaue Kontaktlinsen in die Augen. Zuletzt schloss er das Sakko seines grauen Anzugs bis zum obersten Knopf und klappte die Revers nach innen, als wäre ihm trotz der Frühlingstemperaturen kalt. Er hatte zu Hause vor dem Kleiderschrank darauf spekuliert, sich der Trauergesellschaft irgendwie anschließen zu können, und, entsprechend seiner Einschätzung von Königs Familie und neureichem Umfeld, um nicht aufzufallen, ein auffälliges Hemd gewählt: aus reiner weißer, sehr glänzender Seide, mit schmalen, noch eine Spur stärker glänzenden Streifen in einem sanften Abricot-Ton und handgestickten Knopflöchern in der Form von Rosenblüten. Dazu im gleichen Abricot-Ton eine ebenfalls sehr glänzende Seidenkrawatte. Das Ensemble hatte ihm sein Hehler geschenkt, nachdem es über ein Jahr von den Kunden nicht beachtet worden war.

Auf keinen Fall war es ein Hemd, das im Alltag und unter normalen Umständen den Träger als vertrauenswürdig oder respektabel ausgewiesen hätte. Außer vielleicht man war Prominentenfriseur oder Saunaclubbesitzer.

Nachdem Eddy sich in der Schaufensterscheibe noch mal vergewissert hatte, dass man vom Hemdkragen nicht allzu viel und von der Krawatte fast gar nichts sah, löste er sich aus der Eingangspassage und lief mit schnellen harten Schritten quer über die Fasanenstraße auf den Hoteleingang zu.

Die Sicherheitsbeamten schauten von ihren Pappbechern auf und fixierten den direkt auf sie zumarschierenden Eddy zunehmend misstrauisch. Als Eddy fast bei ihnen angelangt war, griff der eine unter seine Jacke und ließ die Hand auf Brusthöhe.

»Guten Tag, wo ist Ihr Chef?!«, schnauzte Eddy, als er kaum einen Meter entfernt von ihnen stehenblieb, und schaute ihnen abwechselnd scharf in die Augen.

Die Beamten runzelten verdutzt die Stirn. Ehe sie antworten konnten, fuhr Eddy fort: »Und nehmen Sie gefälligst die Hand von der Waffe, wir befinden uns schließlich nicht in 'ner Gefahrensituation, nachher schießen Sie sich noch durch die eigene Brust...« Eddy hielt kurz inne, betrachtete den kaum dreißigjährigen, ein modisches Ziegenbärtchen tragenden Beamten mit leichter Verachtung, ehe er hinzufügte: »Genau so einen kompetenten Eindruck machen Sie auf mich. Ich habe Sie ein bisschen beobachtet, was glauben Sie, wozu Sie hier sind? Frauen nachgaffen? Da drinnen halten sich einige der zurzeit gefährdetsten Personen unserer Stadt auf, und Sie benehmen sich wie italienische Pizzabäcker!«

»He, Moment mal... Entschuldigen Sie, aber – also wir sind ein privater Sicherheitsdienst, Familie König hat uns engagiert. Und... ähm... wer sind Sie?«

Eddy schüttelte ungläubig den Kopf. »Sagenhaft! Wissen Sie, warum Sie heute hier Ihr Geld verdienen dürfen? Weil die Berliner Polizei der Bitte der Familie König nachgekommen ist, möglichst wenig uniformierte Beamte zu schicken, um möglichst wenig Aufsehen zu erregen. Trotzdem sind wir natürlich für die Sicherheit unserer Bürger und die Ordnung auf den Straßen verantwortlich, und hätte ich gewusst, dass der private Dienst, den Königs im Sinn hatten, als sie mit uns verhandelten, aus feixenden Halbstarken besteht, die, wenn ein Passant ihnen nicht gerade im Rollstuhl entgegenfährt, vor lauter Aufregung sofort zur Pistole greifen, dann hätte ich bei der Besprechung aber ganz sicher mein Veto eingelegt!« Erneut schüttelte Eddy den Kopf und wiederholte: »Sagenhaft!« Dann hob er die Hände zur ungeduldigen Geste: »Also? Ihr Chef? Ist er drinnen?«

»… Ja, der Lutz, der ist bei der Trauerfeier und schaut nach dem… äh… Rechten…«

»Ach, er schaut nach dem Rechten. Vielleicht ob die Mousse au Chocolat ordentlich fest ist?«

»Hören Sie, warum reden Sie nicht mit Ihren Kollegen da …« Der Ziegenbärtige wies zu den Polizeiautos auf der anderen Straßenseite. »Die scheinen mit unserem Job zufrieden zu sein. Jedenfalls haben sie uns bisher einfach machen lassen.«

»Ja, was denn sonst? Das sind einfache Streifenpolizisten, wahrscheinlich noch jünger als Sie – was glauben Sie, wie denen das gefällt, dass jemand anders die Arbeit erledigt, während sie sich schön in die Sitze lümmeln, Musik hören und eine rauchen können? Wie würde Ihnen das gefallen? Na los, junger Mann, sagen Sie's mir: Wie würde Ihnen das gefallen?«

»Herr Kommissar...«, schaltete sich der andere in bemüht ruhigem Ton ein, »ich verstehe, wenn man die Ereignisse der letzten Tage bedenkt, dass Ihnen die Veranstaltung hier Sorgen bereitet, aber ich kann Ihnen versichern, bisher ist alles glattgegangen. Die Gäste sind zwar verspätet, aber ohne Zwischenfälle eingetroffen, und die Trauerfeier läuft wie geplant. Ich glaube nicht, dass für die Polizei bisher irgendein Anlass bestand einzugreifen. Und wenn ich mir die Bemerkung erlauben darf: Die Beamten dort drüben waren die ganze Zeit, soweit ich das beurteilen kann, höchst aufmerksam. Wir haben uns immer wieder nonverbal verständigt, dass alles in Ordnung ist.«

»Na«, rief Eddy anerkennend mit einer winzigen Spur Ironie, »das ist mal 'ne Antwort! Nonverbal – klasse! Bei so viel Kollegialität gehe ich davon aus, Sie waren früher einer von uns?«

»So ist es, Herr Kommissar.«

»Also, dann verrate ich Ihnen schon mal, was ich gleich Ihrem Chef berichten werde – Lutz, nicht wahr?«

»Lutz Matuschitz.«

»Ja, erinnere mich dunkel. Jedenfalls: Wir haben Informationen, dass sich eine kleine, gewaltbereite

Gruppe unter dem Motto *Königs Erbe für den Erhalt der Deo-Werke* in diesem Moment in den Gärten der Technischen Universität formiert und plant, die Trauerfeier zu stürmen.«

»Studenten? Was haben die denn damit zu tun?«

»Tja, das fragt man sich, nicht wahr? Wenn Sie meine Meinung hören wollen: Die kommen auf die Idee, damit zu tun zu haben, weil sie nichts zu tun haben. Verstehen Sie? Studenten. So, und jetzt halten Sie mal schön die Augen auf und rühren sich nicht vom Fleck. Wenn alles klappt wie vorgesehen, werden wir die Gruppe schon auf dem Weg hierher auflösen.«

»Okay, Herr Kommissar.«

»Bis nachher. Und Sie ...«, Eddy wandte sich noch mal an den Ziegenbärtigen, »... Sie sollten sich das da abrasieren. Was soll das denn sein? Hier ...« Eddy fasste an seinen Seehundschnauzer. »Das ist ein Bart! Sie sehen aus wie von der Drogenfahndung – aber undercover. Respekt verschaffen Sie sich so nicht, das kann ich Ihnen sagen. Also ...«, er tippte sich an die Stirn, »Hals- und Beinbruch, wir werden das Kind schon schaukeln!«

Auf der Toilette nahm Eddy Leberfleck und Schnauzer ab, kämmte die Haare zum Seitenscheitel, entfernte die blauen Kontaktlinsen und knöpfte das Sakko auf. Es ging nicht anders. Man konnte sich nicht in einem bis zum Hals zugeknöpften Sakko durch ein Fünfsternehotel bewegen, ohne aufzufallen. Andererseits war ihm mit dem abricotweißen Hemd-Krawatten-Ensemble der Zutritt zur Trauerfeier unmöglich. Die Sicherheitsbeamten hätten ihn sofort angehalten. Vielleicht war »ganz in Schwarz und zwar wirklich ganz« sowieso eine Idee von Lutz Matuschitz gewesen, um ungebetene Gäste zu erkennen.

Die Trauerfeier fand im Schlosssaal statt, das hatte Eddy auf dem Weg zur Toilette auf den Informationstafeln neben der Rezeption gelesen. Um dort hinzugelangen oder die Feier zu verlassen, musste man durch die Hotellobby. Eddy wollte ein paar Zeitungen kaufen und sich in der weitläufigen Lobby eine Ecke suchen, die vom Eingang aus nicht zu sehen war. So umwerfend fand er seine Verkleidung nicht, dass er glaubte, die zwei Beamten könnten ihn unter keinen Umständen wiedererkennen. Auch wenn sich die Leute erfahrungsgemäß nach kurzen Begegnungen eher Typen als Gesichter merkten.

Und dann wollte er auf Romy warten, und irgendwas würde ihm schon einfallen, um mit ihr ins Gespräch zu kommen. Natürlich war das abenteuerlich, und Eddy hatte sich in den letzten Stunden hundertmal gefragt, warum er dieses Risiko einging. Er hätte ihr ja auch einfach in einem anonymen Brief schreiben können, dass es für den Tod ihres Vaters einen ganz anderen, ganz unschuldigen Grund gab. Es fiel ihm immer nur dieselbe Antwort ein: Er musste sie wenigstens einmal treffen – ihr wenigstens einmal in die Augen schauen, mit ihr reden, ihre Stimme hören. In seinen schlaflosen Nächten hatte er sich oft vorgestellt, wie sie sich begegnen und mögen, sogar miteinander lachen würden. Anders gesagt: Er wollte sehen, dass das Leben trotz des von ihm verschuldeten Unfalls weiterging – auch bei Königs. Die Suche im Internet, das Studieren der Familiengeschichte, das Horchen an Romys Tür und das Überprüfen ihres Briefkastens – das alles war nichts anderes gewesen als der Versuch, König in einen Zusammenhang zu bringen, in dem mit seinem Tod nicht alles vorbei war. Und tatsächlich: Beim Ausmalen freundlicher, von gegenseitiger Sympathie geprägter Begegnungen mit Romy hatte Eddy oft eine merkwürdige Erleichterung verspürt, als könnte Königs Tod auf diese Weise etwas von seiner Unwiderruflichkeit genommen werden.

Und darum reichte kein anonymer Brief, der hatte mit Das-Leben-geht-weiter etwa so viel zu tun wie Romys stille Wohnung. Natürlich hätte

Eddy weiter zu Hause abwarten können, doch etwas sagte ihm, dass Romy so schnell nicht in die Wartenburgstraße zurückkehren würde und Berlin, nach den Geschehnissen der letzten Wochen, sogar ganz verlassen könnte. Und die Tochter von Horst König war sicher niemand, den man in der weiten Welt eben mal so wiederfand.

Eddy trat aus der Toilette und schlenderte wie zu einer Verabredung verfrüht durch die Lobby zum Zeitungsstand. Dort kaufte er sich, passend zu seinem Hemd, ein paar Frauenzeitschriften, dazu die *Süddeutsche* – Prominentenfriseur mit was im Köpfchen –, und war angenehm überrascht, dass man offenbar feinfühlig genug gewesen war, um den in Berliner Zeitungsläden üblichen *Boulevard-Berlin*-Stapel mit der momentanen Schlagzeile *Der Mord am Deo-Werke-Vernichter: Eine Stadt plädiert auf Notwehr* während der Trauerfeier aus dem Angebot zu räumen.

Auf dem Weg zu einer relativ versteckt gelegenen Sesselrunde mit Blick auf den Flur, der zum Schlosssaal führte, musterte er die anderen Lobbygäste. Die übliche Luxushotelbesetzung: Geschäftsmänner über Nüssen und Bier, eine alternde Diva mit Hund und Champagnerglas, eine Gruppe junger Langhaariger in heruntergekommenen Klamotten mit schwarzen Sonnenbrillen in bleichen, reglosen Gesichtern, wahrscheinlich eine Rockband, zwei gepflegte schwule Herren, die sich gelangweilt umsahen, eine Runde lauter Amerikanerinnen, die sich gegenseitig ihre Einkäufe vorführten. Kein Braake Schabraake.

Eddy tat, als lese er *Brigitte*. Dabei fragte er sich, wie lange die Trauerfeier wohl dauerte und was er unternehmen konnte, falls Romy doch nicht, wie von ihm erwartet, irgendwann eine Atem-, Zigaretten- oder Kokainpause einlegen würde. Zwar hatte Eddy noch keine Feier, Beerdigung oder Hochzeit erlebt, bei der sich nicht über kurz oder lang eine kleine, leicht asoziale Gruppe bildete, die immer mal wieder verschwand, um irgendwas zu sich zu nehmen, was die Veranstaltung lustiger oder erträglicher machte, aber vielleicht gehörte Romy nicht dazu. Vielleicht hatte Braake in seinen Artikeln einfach alles über sie erfunden, und in Wahrheit war Romy trotz ihrer Ausstrahlung eine grundsolide höhere Tochter, die ihr Leben mit Geigespielen, Löffelbiskuitbacken und Dressurreiten verbrachte und sich von der Trauerfeier für ihren Vater höchstens entfernte, um sich auf der Toilette schnell die Nase nachzupudern.

Und dann?

War es möglich, sie beim Verlassen der Feier – im schwarzen Kleid, Tränen in den Augen – im

Beisein zum Beispiel ihrer Mutter anzusprechen: »Entschuldigen Sie, ich kenne Sie doch vom Sehen, sind Sie nicht meine neue Nachbarin?« Ausgeschlossen. Oder als mysteriöser Bote: »Ich suche eine Frau Miller, D. Miller, man hat mich beauftragt, ihr hier eine Nachricht zukommen zu lassen«? War der falsche Name in der Familie bekannt? »Ihre Art«, wie ihr Vater gesagt hatte, »sich abzunabeln«? Würde sie womöglich einfach erwidern: »Das bin ich, legen Sie los«? Oder war es ein Geheimnis, »Daphne Miller ist eine Freundin von mir«, und sie würde ihn beiseiteziehen: »Wer zum Teufel...?« Und dann? »Hören Sie, mein Auftraggeber wollte Ihnen nur unbedingt ausrichten, der Tod Ihres Vaters war ein Unfall...« – »Security!«

Oder ginge er als Prominentenfriseur einfach auf die Familie zu, spräche sein Beileid aus und äußerte sich »erschüttert darüber, wie die Medien und große Teile der Öffentlichkeit eines verdienten, großartigen Mannes wie Horst König gedachten«? Vielleicht ergäbe sich die Möglichkeit zu irgendeiner unverdächtigen Einladung – »Es wäre mir eine Ehre, Sie einmal zum Tee auszuführen, mein Freund ist Teemeister im Hotel Adlon...«

Oder er konnte stolpern und in sie hineinfallen und... na ja, seine Knochen unter den Tritten der Sicherheitsbeamten brechen hören.

Vielleicht irgendwas als Blinder? Blind hatte er schließlich drauf. Oder stumm? Oder Amerikaner? »*Excuse me, Miss, I can see you are in mourning, but I think I know you from New Orleans, can that be?*« Mit seinem Akzent würde er sich als finnischer Einwanderer ausgeben, wer konnte schon Finnisch.

Oder er guckte nur. Vielleicht erwiderte sie seinen Blick. Vielleicht war die Prinzessin der Nacht froh, nach zig Stunden Beerdigung und Trauerfeier mal wieder einem Augenpaar zu begegnen, das sie einfach nur bewundernd taxierte. Kein Mitleid, keine Hintergedanken wegen des Erbes, keine Verwandtschaft, keine Neuköllner Imbissbudenbesitzer, keine ständig um korrektes Benehmen bemühte ältere Schwester, keine falschen Freunde, keine Anspielungen, dass ihr Vater, was die Deo-Werke betraf, nicht glücklich agiert habe, aber auch keine aufgeregten Solidaritätsbekundungen und Ausbrüche gegen Medien, Presse und linkes Gesindel – sondern nur ein nicht unattraktiver, charmant wirkender, noch gar nicht so alter Mann, der sie betrachtete, als sei sie eine der anziehendsten Frauen, die er je gesehen hatte. Und es war schließlich bekannt, dass Kummer und Angst die Libido steigerten – hatte er ja selbst gerade erst erlebt. Dass man in Zeiten der Not und Unsicherheit offener für neue Bekanntschaften war, auch ungewohnte oder heikle Umstände in Kauf nahm und die Sorgen in dem Maße zu schwinden schienen, in dem man das andere Geschlecht begehrte... Nun ja, das andere Geschlecht – je nachdem, wie weit entfernt sie von ihm stehen und wie deutlich ihr sein abricotweißes Hemd-Krawatten-Ensemble ins Auge stechen würde.

»Entschuldigung, haben Sie vielleicht Feuer?«

Eddy sah von der *Brigitte* auf. Er brauchte einen winzigen Augenblick, um sich zu sammeln, verzog dabei keine Miene und widerstand auch dem Impuls, die Zeitschrift zu schließen. Der Artikel, den er zu lesen vorgegeben hatte, behandelte sicher kein Thema, das einer jungen modernen Frau Lust auf ein Gespräch machen konnte. Er trug die Überschrift: *Wie Sie helfen können, die Klimakatastrophe zu vermeiden – zehn Tipps fürs Stromsparen im Haushalt.*

»Aber gerne ...« Eddy griff in seine Hosentasche. Obwohl seit fünf Jahren konsequenter Nichtraucher, trug er immer ein Feuerzeug bei sich. Oft wurde er danach gefragt, und wie einfach war es, wenn er wollte, den nächsten Schritt zu machen.

»Bitte.« Er hielt Romy mit ausgestrecktem Arm die Flamme hin. Sie musste sich mit der Zigarette im Mund leicht herunterbeugen, und er warf einen

Blick auf ihre müden Augen. Eine Sekunde hatte er überlegt, gentlemanlike aufzustehen, aber dann entschieden, dass zu viel Wohlerzogenheit im Zusammenhang mit seinem Hemd-Krawatten-Ensemble nicht ratsam war.

»Danke. Möchten Sie auch eine?« Sie hielt ihm die Craven-A-Packung hin.

Seine Marke. Doch Eddy glaubte nicht an Schicksal. Er glaubte an Krebs. Auch wenn Romys Auftritt ihn an seinem Unglauben gerade zweifeln ließ.

Er winkte ab. »Nein, danke. Hab vor fünf Jahren aufgehört.«

»Das bedeutet nichts.«

»Ich weiß. Darum nehm ich ja keine.«

Romy nickte. »Darf ich mich für die Zigarette hier hinsetzen?«

»Sehr gerne.«

Sie glitt in den Sessel neben ihn, schlug die schwarzbestrumpften, schlanken Beine übereinander, nahm einen tiefen Zug, stützte den Kopf in die Hand und schloss die Augen.

Eddy legte die *Brigitte* beiseite. Es gab um sie herum mehrere leere Sesselgruppen. Vielleicht war Romy wirklich zu erschöpft, um noch einen weiteren Schritt zu gehen. Vielleicht wollte sie aber auch genau in dieser Sesselgruppe sitzen.

»Verzeihen Sie, wenn ich störe…«

Sie schlug die Augen auf, ohne den Kopf aus der Hand zu nehmen. »Sie stören nicht. Ich bin einfach nur ziemlich kaputt und wollte mal einen Moment woanders sein.«

»Sie gehören zu der Trauergesellschaft dort drüben, nicht wahr?«

»Ja.« Sie nahm einen weiteren Zug.

»Da ich weder weiß, wer Sie sind, noch wer der Betrauerte ist, entschuldigen Sie bitte, wenn ich etwas plump frage: Geht es Ihnen nahe?«

Sie stutzte, dann runzelte sie die Stirn und musterte ihn misstrauisch. Nach einer Weile nahm sie wieder einen Zug von der Zigarette, blies den Rauch aus und fragte seufzend: »Sind Sie 'n Presseheini?«

Eddy schüttelte den Kopf. »Bin ich nicht. Warum?«

»Weil das wie 'n dummer Trick klingt. Es gibt wahrscheinlich niemanden in der Stadt, der nicht weiß, wer der Betrauerte ist. Außerdem tragen Sie so 'n affiges Hemd.«

»Nun, wenn Sie's wissen wollen: Ich war die letzten Monate in Russland, bin gerade vor zwei Stunden zurückgekommen und habe keine Ahnung, was in Berlin los ist. Und das Hemd samt Krawatte war ein Geschenk von Bekannten dort.

Sie haben mich zum Flughafen gebracht, und aus Höflichkeit hab ich's bei der Abreise getragen. Ich hatte noch keine Gelegenheit, mich umzuziehen.« Und achselzuckend fügte er hinzu: »In der russischen Provinz kleiden sich die Leute so – wenn sie sich's leisten können.«

Sie betrachtete ihn weiterhin skeptisch, nahm einen Zug, blies Rauch aus. Dann lächelte sie plötzlich kaum merklich, fast nur mit den Augen, und sagte: »Ich wollte es gar nicht wissen.«

Eddy nickte. »War mir egal. Ich möchte nicht, dass Sie denken, ich sei 'n Presseheini.«

»Okay. Es geht mir nahe. Der Betrauerte ist mein Vater.«

»Oh. Das tut mir leid.«

»Schon gut.«

Sie verstummte, zog an der Zigarette und schloss wieder die Augen.

Eddy sah vor sich hin, als denke er über sein Missgeschick nach, während er sich den Kopf darüber zerbrach, wie er weiter vorgehen sollte. Selbst für einen Improvisationskünstler wie ihn war das eine erstaunliche Wendung. Zum einen saß dort die Frau, deren Vater er aus Versehen umgebracht hatte und der er bis eben aus Gewissensgründen irgendwie hatte beibringen wollen, dass alles, was in der Öffentlichkeit über Horst Königs Tod spekuliert wurde, Unsinn war. Zum anderen war Königs Tochter auch aus der Nähe eine ausgesprochen bezaubernde Person, und selbst wenn sie noch nicht richtig flirteten, so fehlte doch, nach Eddys Einschätzung, nicht viel. Womit sich erneut bestätigte, dass Kummer die Libido steigerte. Nicht nur bei ihm.

Eddy warf einen Blick auf die mit geschlossenen Augen ihre Zigarette zu Ende rauchende Romy. Und wenn er es schaffte, sich mit ihr zu verabreden? War das nicht sowieso der beste und einfachste Weg, um später auf sein eigentliches Anliegen zurückzukommen? Natürlich war es ausgeschlossen, ernsthaft etwas mit Königs Tochter anzufangen. Wohin sollte das führen? Geradewegs in die Zweimannzelle. Aber eine kleine unschuldige Tändelei, das war schon möglich und, wie Eddy es plötzlich sah, quasi unumgänglich, wenn er ein richtiges Gespräch mit ihr führen wollte. Eine der goldenen Eddy-Regeln: Sich mit widrigen Bedingungen zu arrangieren bringt einen oft schneller ans Ziel, als sich passende erst zu schaffen. Falls man denn einen Flirt mit Romy als widrige Bedingung bezeichnen mochte.

Sie öffnete die Augen und drückte die Zigarette im Aschenbecher aus. Dann lehnte sie sich in den Sessel zurück, legte den Kopf zur Seite, sah Eddy forschend an und fragte: »Wenn Sie hören, es gibt wahrscheinlich niemanden in der Stadt, der nicht weiß, wer der Betrauerte ist, und wenn Sie dann erfahren, es ist mein Vater, interessiert's Sie da nicht, wer er war?«

»Sie meinen, wenn mich das nicht neugierig macht, ist es doch nur ein dummer Trick?«

»Hmhm.«

»Also, ehrlich gesagt – und ich hoffe, Sie verzeihen mir das unter diesen Umständen, aber so sieht's für mich nun mal aus: Von mir aus kann Ihr Vater der Bundespräsident oder, was weiß ich, Franz Beckenbauer oder ein Kennedy-Sohn sein, es würde mich tatsächlich hundertmal mehr interessieren, ob Sie eine Möglichkeit sehen, in den nächsten Tagen mit mir einen Kaffee trinken zu gehen.«

»Hoppla...!«

»Ja, ich weiß, es passt nicht sehr, und es kommt auch viel zu schnell, aber so wie ich die Lage einschätze, bleibt mir nicht viel Zeit. Ihre Zigarette ist geraucht, und wahrscheinlich vermisst man Sie bei der Trauerfeier schon.«

Sie schaute immer noch verblüfft.

Eddy hob entschuldigend die Hände. »Natürlich hätte ich Sie lieber auf einer Cocktailparty oder so was getroffen.«

Sie räusperte sich. »Sie meinen, es ist nicht der Trauerflor, der Sie antörnt.«

»Wie gesagt: nichts von dem ganzen Drumherum. Ich hatte vor kaum zehn Minuten das Glück, Sie zu treffen, Sie hauen mich ziemlich um, und ich würde Sie gerne wiedertreffen.«

»Na, Sie gehen aber ran.«

»Ich denke nicht, dass ich eine andere Wahl habe.«

»Das stimmt vermutlich. Wohnen Sie in Berlin?«

»Ja, in Kreuzberg.«

»In Kreuzberg…?« Erneut musterte sie ihn von oben bis unten. »Sie wirken nicht wie aus Kreuzberg. Eher wie…«

»…Wie 'n Prominentenfriseur.«

Sie lachte ein bisschen. »Genau.«

»Ich verspreche Ihnen, zum Kaffeetrinken ziehe ich was anderes an.«

»Ist das Ihre Masche?«

»Was?«

»Einfach volle Kanne drauf?«

»Volle Kanne drauf« erinnerte Eddy daran, dass Romy in Mississippi aufgewachsen war und Deutsch in den ersten Jahren vermutlich vor allem von ihrem Vater und vielleicht noch von einem deutschen Kindermädchen gelernt hatte. Nicht dass diese Redewendung seiner Meinung nach unpassend gewesen wäre, sondern sie hörte sich im Gegenteil für Eddy geradezu perfekt an: ein bisschen altbacken, ein bisschen ironisch. Außerdem sprach sie völlig ohne Akzent, höchstens mit einer leichten Berliner Färbung. Wahrscheinlich lebte sie schon sehr viel länger hier, als Braake Schabraake es sich am Schreibtisch ausgemalt hatte.

»Na ja, ich denke, es ist so: Wenn was wichtig ist oder werden könnte, sollte man keine Zeit verlieren, und wenn was nicht so wichtig ist, dann sollte man auch keine Zeit verlieren und es lassen. Natürlich ist die Frage, wie man ›wichtig‹ und ›Zeit verlieren‹ definiert. Ich zum Beispiel sitze gerne stundenlang rum und riech was Schönes.«

»Sie riechen gerne was Schönes…«, wiederholte sie, als fragte sie sich, ob Eddy vielleicht einfach einen Knall hatte. »Und was ist das so?«

»Och, alles Mögliche. Das Übliche natürlich: Rosen, nasses Gras, Bäckereien. Aber auch Pferdemist und Katzenpisse. Morgens, wenn man aus der Haustür tritt, eine Nasevoll in der Sonne gewärmte Katzenpisse – das kann toll sein.«

»Ach so…?«

Sie zögerte einen Augenblick, dann griff sie nach der Craven-A-Packung und nahm sich eine weitere Zigarette. So weit, so gut, dachte Eddy und gab ihr Feuer. Über die Flamme hinweg wechselten sie einen kurzen Blick.

»Wissen Sie, was ich als Erstes dachte, als ich Sie hier sitzen sah?«, sagte Romy, nachdem sie den Rauch ausgeblasen und sich in den Sessel zurückgelehnt hatte. »Hey, geh ich doch zu der rosabeschlipsten, gutaussehenden Tunte da, bisschen Abwechslung von den Freunden meines Vaters. Dann haben wir uns ein bisschen unterhalten, und ich dachte, Sie sind einer dieser Playboys, die in Luxushotellobbys zur Ausstattung zu gehören scheinen und geschiedene Frauen und junge Dinger zu Wochenenden in Nizza einladen. Doch nun stellt sich heraus: Sie sind so was wie der Dalai-Lama: Sie verlieren keine Zeit mit unwichtigen Dingen, sondern riechen lieber Katzenpisse in der Morgensonne.«

Aus den Augenwinkeln erkannte Eddy Romys Mutter, die in die Lobby trat und sich umschaute. Die Frau, die er zur Witwe gemacht hatte.

»Noch lieber, wie gesagt, würde ich mit Ihnen Kaffee trinken gehen«, sagte Eddy, griff in seine Sakko-Innentasche und zog einen Stapel Visitenkarten heraus. Im Stapel befanden sich in fester Reihenfolge mehrere Unterstapel: Konsul Guido Hentze von den Färöer-Inseln; Florian Fischer, Filmmusikberatung; Sebastian D. Weidenfeld, Gitarren- und Schlagzeugunterricht; Marius Savrosky, Privatmodell, Haus- und Hotelbesuche; Sam Ovadia, Restaurantkritiker; und schließlich Eddy Stein, Musiker. Alle ohne Adresse, nur mit Handynummern. Eddy besaß Handys für jede Identität, insgesamt sechs.

Er nahm eine von den Eddy-Stein-Karten und reichte sie Romy. Während sie sie entgegennahm, sagte sie: »Lieber als Katzenpisse riechen? Sie Schmeichler.« Dann warf sie einen Blick auf die Karte. »Sie sind Musiker?«

Eddy nickte. Die Mutter hatte Romy entdeckt und ging in ihre Richtung. Noch etwa zwanzig Meter. Romy lachte wieder ein bisschen. »Mit dem Hemd und in der russischen Provinz... Was spielen Sie da? *O Natascha, hör die Balalaika*?«

Eddy lachte auch ein bisschen, aus mehreren Gründen. *Mit dir über die Dächer fliegen,* schoss ihm durch den Kopf. Dabei wusste er, die näher kommende Mutter im Blick, sofort, dass er es dabei nicht belassen durfte. Die Gefahr, Romy könnte ihn als komischen Schlagerfuzzi abspeichern, war zu groß. Mit Schlagerfuzzis schäkerte man vielleicht mal zum Spaß in der Hotellobby, aber man rief sie nicht an und verabredete sich mit ihnen. Er brauchte ganz schnell eine Antwort, die Musiker, Russland und ein möglichst hohes Maß an Attraktivität verband. Die Mutter hob schon die Hand, und Eddy blieb auf die Schnelle nichts anderes übrig, als mit ein wenig Wahrheit über sich rauszurücken.

»Nicht ganz. Wir sind dort eine Band, die The Clash, Johnny Cash und Willy-DeVille-Songs auf Russisch spielen.«

»Clash-Songs auf Russisch?«, konnte Romy gerade noch sagen, ehe die Mutter rief: »*Darling! What are you doing out here? Everyone is waiting for you!*«

Aber Eddy konnte sehen, dass zumindest The Clash die erhoffte Wirkung erzielten. Nach seiner Erfahrung bedeuteten The Clash für ihre Generation das gleiche wie Bob Dylan oder James Brown für die Generation davor. Nicht jeder war verknallt in sie, aber es gab unter den halbwegs Aufgeweckten doch nur wenige, die die Band völlig bescheuert fanden.

»*Hi, mum. Sorry, I just needed a break. Wait a second and I'll come with you...*«

Während sich Romy noch mal zu ihm wandte, sah die schöne bleiche Mutter durch ihn hindurch, als sei er ein weißabricot gestreiftes Sesselpolster.

»Wie heißt Ihre Band?«

Ach, scheiß auf die Fassade, dachte Eddy, die

Antwort lag ihm einfach zu leicht und passend auf der Zunge: »Lover's Rock.«

Romy hielt kurz inne, dann sagte sie: »Wenn Sie sich das gerade ausgedacht haben, wird es ein sehr kurzes Kaffeetrinken.«

Eddy schaute den beiden hinterher, wie sie durch die Lobby zum Schlosssaal gingen, und fragte sich, warum im Bereich Romantik viele Menschen – und nicht die simpelsten – das Schicksal einem leidenschaftlichen Kalkül vorzogen. In Herzensangelegenheiten sollten die tollen Momente immer irgendwie vom Himmel fallen. Dennoch war er froh, sich Lover's Rock nicht ausgedacht zu haben. Im Internet würde Romy, falls sie den Namen googelte, neben einem Sade-Album und dem Clash-Song Einträge über ein Berliner Straßenmusiker-Duo finden und eine Kontaktadresse unter dem Namen Arkadi Abramowitsch. Das klang hoffentlich russisch genug, um seine Geschichte einigermaßen glaubhaft wirken zu lassen.

Killer Sex

»Furchtbar«, sagte Eddy, schüttelte den Kopf und wiederholte: »Einfach furchtbar!«

Romy zuckte mit den Achseln und nickte vor sich hin. »Ich hab mir von Anfang an alle Mühe gegeben, mir's nicht vorzustellen. Und tot ist schließlich tot.«

Sie gingen durch den Schlossgarten Charlottenburg. Den Treffpunkt hatte Eddy vorgeschlagen. Seit über fünfzehn Jahren war es sein Park für ungestörte Spaziergänge, sowohl allein wie zu zweit. Dort hatte er sich, wenn man so wollte, die Unschuld bewahrt. In all den Jahren war er nie in irgendeiner Weise auffällig geworden, hatte weder privat noch beruflich Kontakte geknüpft, grüßte die Gärtner freundlich im Wissen, dass sie häufig wechselten, und das einzige Wesen, das ihn regelmäßig wiedererkannte, war ein roter Kater, der beim Belvedere-Pavillon lebte. Der Schlossgarten war für Eddy eine Art Gegenstück zu Kreuzberg 61. Während er in Kreuzberg den Gitarrenlehrer-

oder Orchestergraben-Spießer gab, den alle glaubten, irgendwie zu kennen, bewegte er sich durch den Schlossgarten wie ein Tourist. Tatsächlich hatte er bei der Ankunft im gepflegten, stillen, unter der Woche meist menschenleeren Park jedes Mal das Gefühl, fremden Boden zu betreten. Wie wenn man nach der Landung das Flugzeug verlässt oder nach langer Autofahrt zum ersten Mal im neuen Sommer vor einer italienischen Raststätte steht.

Abgesehen von seiner vornehmen, einfachen, an manchen Stellen leicht verwilderten und, wie Eddy fand, vergessenen Schönheit hatte der Schlossgarten für ihn den großen Vorteil, dass selbst an einem Bilderbuchtag wie diesem im Mai außer ein paar Rentnern, Arbeitslosen und Müttern mit Kinderwagen kaum jemand unterwegs war. Die Sonne schien aus einem strahlend blauen Himmel, hier und da trieben ein paar weiße Wölkchen, es war angenehm warm, die Blumenbeete dufteten, Vögel zwitscherten, nur hin und wieder wehte der Wind einen Fetzen Verkehrslärm von den umliegenden Straßen herüber, und trotzdem konnte man die Spaziergänger auf den Wiesen und schattigen Wegen an zwei Händen abzählen. Das Risiko, dass jemand Eddy aus einem seiner diversen Leben wiedererkannte, war einigermaßen gering.

»Nun...« Eddy räusperte sich. »Nach dem, was

ich den Artikeln entnommen habe, steht doch ziemlich fest, dass die Todesursache irgendeine Art von Schlag auf den Hinterkopf war und dass dein Vater erst anschließend... nun... in den Wald gebracht wurde.«

Bei ihrem Telefonat vor zwei Tagen hatte Romy ihm gleich zu Beginn das Du vorgeschlagen. »Gerne«, hatte Eddy erwidert: »Und wie heißt du?«

»Ja, so steht's in den Artikeln. Aber manchmal denke ich, sie machen's einfach nur so wenig schrecklich wie möglich. Ich meine, wie wollen sie sonst ihre Geschichte erzählen? Ein Volksheld, der jemanden lebendig verbrennt...?«

Romy kämpfte mit den Tränen. Eddy kämpfte mit einem trockenen Hals.

»Und wenn – nur mal angenommen –, wenn das Ganze ein tragischer Unfall war?«

»Ein Unfall...?« Zum ersten Mal, seit sie sich am Schlosseingang getroffen hatten, schaute Romy ihn an wie jemanden, den sie nicht kannte und bei dem sie sich plötzlich alles andere als sicher war, ob sie ihn kennenlernen wollte. Dabei kannte sie ihn ja tatsächlich nicht oder nur ganz wenig, trotzdem war ihr Wiedersehen von überraschender Leichtigkeit gewesen. Als stehe eines fest: Sie konnten miteinander – fragte sich nur, was alles.

Doch nun war es auf einmal so, als hätte Romy herausgefunden, dass Eddy Sexreisen nach Bangkok unternahm.

Vorsichtig erklärte Eddy: »Ich denke, dass eine Menge Leute auf dem Tod deines Vaters ihr Süppchen kochen und dass die Wahrheit möglicherweise ganz anders aussieht. Ich kann mir jedenfalls nicht vorstellen, dass jemand deinen Vater wirklich aus sogenannten politischen Gründen umgebracht hat. Wer denn? Irgendein Weddinger Zwei-Zimmer-Ofenheizung-Arbeitsloser? Plant beim zehnten Bierchen, wie er den König umhaut, und macht das dann? Oder linke Terroristen, Kreuzberger Anarchos? Seit wann interessieren die sich für Arbeitsplätze? Abgesehen davon, dass dein Vater, wie ich gelesen habe, fast immer Leibwächter um sich hatte. Wie soll der Prolet oder die Kifferbande denn an ihn rangekommen sein? Das ist doch alles Quatsch.«

»Wer sagt denn, dass es sich beim Mörder um einen Proleten oder Kiffer handeln muss?«

»Na, die Zeitungen ...«, antwortete Eddy zögernd und ahnte, als er Romys angespannten, sendungsbewussten Ausdruck sah, in welche Richtung die Theorien im Hause König gingen.

»Weißt du, wer den Deo-Deal eingefädelt hat?«
»Nein.«

»Der Senat.«

»Ach ja?« Am liebsten hätte Eddy gesagt: »Vergiss es, Schatz, er ist einfach dumm gefallen.«

»Ja. Deo war vollkommen pleite und das, nachdem die Stadt Berlin das Unternehmen jahrelang mit Steuergeschenken subventioniert hatte. Am Ende ging es nur noch darum, den Laden so lautlos wie möglich verschwinden zu lassen. Vor allem, damit keiner nachfragte, was die Subventionen eigentlich genau gebracht haben. So viel steht fest: Der zuständige Mann beim Senat besitzt seit einigen Jahren ein Schloss in Brandenburg. Jedenfalls gab es dann das Angebot eines französischen Unternehmens, die Fabrik zu kaufen, abzureißen und das größte Parkhaus Europas mit Werkstätten und Waschanlagen zu bauen. Auto-Wellness Tempelhof – so sollte es heißen – für die gesamte Region, wo man den Wagen am Wochenende oder während der Ferien lässt und ihn rundum gecheckt und gepflegt wieder abholt. Außerdem wurde über neue Buslinien verhandelt, um das Parkhaus zur Anfahrstelle für Berlin-Besucher und Pendler zu machen. Kurz: Tempelhof wäre zum innerstädtischen Verkehrsknotenpunkt geworden. Kein sehr lautloses Verschwinden, was?«

»Nein.« Eddy schüttelte pflichtbewusst den Kopf.

»Und dann ist jemand vom Senat an meinen Vater herangetreten. Aus verschiedenen Gründen – die Berliner Herkunft, alte Verbindungen, was weiß ich. Jedenfalls sah das Geschäft so aus: Mein Vater kauft den Laden für einen lächerlichen Preis, macht ihn dicht, richtet dafür eine Einkaufs-Mall ein und verpflichtet sich, das historische Fabrikgebäude zu erhalten. Das hätte zwar Arbeitslose bedeutet, aber keine völlig neue Verkehrsplanung und kein Parkhausmonster mitten in der Stadt. Außerdem sollte die Einkaufs-Mall eben nicht, wie jetzt überall verbreitet, wie die Malls in den USA werden, sondern eine Art Alternativ-Mall fürs Schöneberger und Kreuzberg-Einundsechziger Bürgertum. Biorestaurants, Fair-Trade-Läden, Greenpeace, Holland-Fahrräder, Holzspielzeug, *Manufactum* und so weiter. Doch der Aufschrei über den Verkauf der Deo-Werke wurde so schnell so laut, dass das plötzlich kein Thema mehr war. Und wer stellte sich, anstatt die Situation zu erklären und zu beruhigen, sofort auf die Gegenseite? Der Senat. Inzwischen denke ich, das hatten sie von Anfang an vor. Sie brauchten einen Buhmann, Heuschrecke und so, damit ihr Gekungel mit Deo unterm Teppich bleibt, und haben meinen Vater einfach reingelegt. Was blieb ihm also übrig? Er wollte die Sache öffentlich machen, mit Namen,

Verhandlungsprotokollen, allem Drum und Dran. Dann hätte es für einige ziemlich düster ausgesehen, und zwar bis hoch zum Bürgermeister.«

Romy blieb stehen und steckte sich eine Zigarette an. Eddy überlegte, ob eine bestimmte Sorte von Mördern, meistens Serienkiller, über die man in der Zeitung las, sie hätten absichtlich Spuren gelegt und eine Art Spiel mit der Polizei getrieben, vielleicht gar nicht, wie es immer hieß, einsame Psychokrüppel waren, die sich nach Aufmerksamkeit sehnten, sondern einfach relativ korrekte Kerle, die zwar nicht erwischt werden wollten, es aber auch schlecht aushielten, wenn im Zusammenhang mit ihren Taten dauernd neue falsche Verdächtige benannt und abwegige Vermutungen geäußert wurden. Eddy jedenfalls, anstatt beruhigt zur Kenntnis zu nehmen, dass es anscheinend für fast jeden in Berlin eine einleuchtende Erklärung für Königs Tod gab, die mit ihm nichts zu tun hatte, verspürte Ungeduld. Er konnte die Theorien einfach nicht mehr hören. Darüber hinaus tat ihm Romy ernsthaft leid. Fast so, als wären sie ein Paar und er hätte sie betrogen und sie sagte ihm, wie sehr sie ihm das nächtliche Billardspielen mit seinem alten Schulfreund gönne.

Romy nahm einen tiefen Zug, blies den Rauch zum Himmel und blinzelte gegen die Sonne.

»... Der Bürgermeister war letzten Herbst ein paarmal bei meinen Eltern zum Essen. Sie waren per du, und jetzt: ›Raubtierkapitalismus, den wir in Zukunft verhindern müssen.‹«

Eddy räusperte sich. »Er hat sich aber schon eine ganze Weile für etwas feiern lassen, was er nicht war, oder?«

»Mein Vater?«

»Na ja, ›Retter der Berliner Wirtschaft‹ und so.«

Romy nickte. »Er war 'ne eitle Sau.«

»Hmhm.«

»Ein Aufsteiger – und das sind ja oft die Schlimmsten. Er kam zurück in die Stadt, die er als Sohn kleiner Neuköllner Würstchenbrater ohne einen Pfennig in der Tasche verlassen hat, und nun lagen ihm von Grunewald bis Mitte alle zu Füßen – das hat er eben genossen. Sein Bild in den Zeitungen, seine Villa, der ganze Scheiß – sollten die alten Kumpels und irgendwelche Leute, die ihn früher schlecht behandelt hatten, mal sehen! Superhotte! Und als das erst mal lief, konnte er nicht mehr davon lassen. Ich erzähl dir, wie er war – komm...«

Sie gingen langsam weiter Richtung Belvedere-Pavillon.

»Mein Vater besaß eine der größten Imbissketten der USA. Verstehst du? Er war reich – richtig reich. Und prominent. Er kam in den Nachrichten, wurde zu Talkshows eingeladen und so weiter: *Horst, the Bratwurst-King*. Er gehörte zu den oberen Zehntausend, jeder respektierte ihn, manche fürchteten ihn sicher auch, wie das eben so ist. Und hier eine meiner prägenden Kindheitserinnerungen: Ich muss fünf oder sechs gewesen sein, wir waren zu Hause bei New Orleans, und zum Cocktail kam ein Bürgermeister oder Senator, völlig unbedeutend. Irgendeine graue Politmaus, die um Spenden bettelte. Mein Vater hätte ihn im Schlafanzug empfangen können. Jedenfalls: Die Maus sitzt schon auf der Terrasse, weil untertänig zu früh, und ich spiel im Haus mit meinen Puppen in einer Ecke, von der ich die Tür zur Terrasse sehen kann. Mein Vater erscheint wie immer pünktlich, bleibt aber neben der Tür vor einem Spiegel stehen und prüft sein Äußeres – und zwar für die Ewigkeit von zwei oder drei Minuten. Es war erbärmlich. Mein großer, toller, mächtiger Vater zupft und zieht für die Flasche dort draußen seinen Zehntausend-Dollar-Anzug zurecht, streicht die Haare in Form, betrachtet seine Zähne und popelt sich die Nasenlöcher sauber. Verstehst du? Statt dass der King freundlicherweise Mister Fuzzi empfing, wollte der kleine Horst vom Hermannplatz bei Uncle Sam einen guten Eindruck machen.

Ich denke, es war der Moment, in dem ich zum ersten Mal darüber nachdachte, wie viel ich mit dem Leben, das meine Eltern führten, wirklich zu tun habe. Auf einmal war mein Vater kein Halbgott mehr, sondern ein kleiner Streber, der noch so viele Millionen machen, Kunst sammeln, Yachten kaufen konnte, am Ende hatte er doch immer Angst, dass man das Bratfett riechen könnte. Bis heute – also bis zu seinem Tod – trug mein Vater immer einen kleinen Taschenspiegel bei sich, in den er vor jeder Begegnung schnell noch mal reinguckte. Natürlich wollte er dabei nicht gesehen werden und musste sich darum jedes Mal kurz zurückziehen – wie ein altes Weib.«

Eddy dachte an Königs Tascheninhalt, den er in den Landwehrkanal geworfen hatte.

»So. Jetzt verstehst du vielleicht, warum er erst so spät mit der Wahrheit rausgerückt ist. Der Retter Berlins – das war schon was.«

Romy nahm einen letzten Zug und trat die Zigarette aus. Eddy fragte sich, ob er noch mal mit »tragischem Unfall« anfangen sollte, doch er hatte das Gefühl, diesmal würde sie ihn einfach stehenlassen. Immerhin hatte sie ihm gerade ein bisschen das Herz ausgeschüttet, da wollte man Reaktionen, Dialog und bestimmt kein Beharren auf der ohnehin absurd wirkenden Annahme, ein Arbeitsloser habe versucht, den Verunglückten verschwinden zu lassen, um nicht des Wutmords am Arbeitsplätzevernichter König verdächtigt zu werden. Außerdem schien Romy mit der Überzeugung, dunkle Berliner Senatsmächte hätten den Mord in Auftrag gegeben, ganz gut leben zu können. Sicher besser als mit der Vorstellung, ihr Vater habe so viel Hass auf sich gezogen, dass – folgte man manchen Zeitungen – im Grunde jeder zweite Berliner als Mörder in Frage kam. So hatte Eddy sich in den letzten zwei Wochen die Nächte seiner jungen Nachbarin ausgemalt: wach und verzweifelt bei dem Gedanken, die Stadt sei über den gewaltsamen Tod ihres Vaters geeint in böser Freude. Und hatte darum selber oft genug wach gelegen.

»Verstehe«, sagte Eddy. »Glaubst du, das war der einzige Grund, warum er zurückgekommen ist? Weil er sich feiern lassen wollte?«

»Ich nehm's an. Ehrlich gesagt, besonders nahe standen wir uns schon seit langem nicht mehr. Natürlich war er auch Businessman und wird mit den Deo-Werken schon Gewinn gemacht haben. Aber im Vergleich zu seinen Ölgeschäften... Im Grunde genommen ist mir das auch egal. Soll er doch machen, wie er will... wie er wollte... Ach Scheiße...«

Sie blieb stehen und legte ihre Hand über die

Augen. Unter der Hand begannen Tränen hervorzulaufen. Eddy nahm sie beim Arm und führte sie zu einer Parkbank. Eine ganze Weile saßen sie dort nebeneinander, Romy weinte still, und Eddy sah auf den kleinen See vor ihnen. Irgendwann legte Romy den Kopf an seine Schulter. Eddy wurde ein bisschen schwindelig.

»... Ich hätte mich schon gerne wieder mit ihm vertragen. Nicht: Du hattest ja recht, oder: Wir sollten es noch mal versuchen... oder so was. Das wär ja Unsinn gewesen. Aber so: Auch wenn wir völlig verschieden sind, ich mag dich, ich riech dich gerne – hab ich tatsächlich sehr, er hatte immer diese alte Seife, Speick, hat er sich aus Deutschland schicken lassen. Und vor allem: New Orleans. Ich hatte wirklich 'ne schöne Kindheit. Der riesige Garten, unsere Tiere, die Schildkröten, die langen, warmen Nächte, in denen wir so lange spielen konnten, wie wir wollten, der Mississippi um die Ecke – es war ein Traum. Bis mein Vater wieder mit Geschäften anfing und auf einmal dauernd irgendwelche fetten *crawfish farmer*, Banker und Ölheinis bei uns zu Hause rumhingen. Ich werd nie vergessen, wie einer von denen über Ölbohrungen gesagt hat, bei der zu erwartenden Energiekrise wär's bald vorbei mit Naturschutz in Alaska und Kanada, und dann würde das ein *killer business.*«

»Ein was?«

»Er meinte *killer* natürlich wie super oder wahnsinnig, sagt man so im Englischen, aber ich hab's als ›mörderisch‹ verstehen wollen. Das war dann der letzte große Streit zwischen meinem Vater und mir. Wenig später bin ich ausgezogen.«

»Hmhm«, machte Eddy und ließ eine Pause entstehen, die, was ihn betraf, nachdenklich wirken sollte. Dann sagte er langsam: »Und wenn er wegen dir nach Berlin zurückgekommen ist?«

Sie drehte den Kopf an seiner Schulter, bis sie ihm von schräg unten in die Augen sehen konnte. In weichem und, wie Eddy meinte, angenehm überraschtem Ton fragte sie: »Wie kommst du darauf?«

»Ich finde, so macht das Ganze mehr Sinn. Eitel und zu Hause zeigen, was man für 'ne große Nummer geworden ist – okay, aber dein Vater hat vorher schließlich die USA erobert und war in Berlin sowieso Legende, da musste er seinen Ruf ja nicht mit einer Provinzfirma wie Deo aufpolieren – oder, wie abzusehen war, riskieren. Wär er doch einfach für 'n halbes Jahr ins ›Adlon‹ gezogen, hätte Hof gehalten, Cocktailpartys, Interviews – der King gibt sich die Ehre. Wenn's ihn aber sowieso schon seit einer Weile hergezogen hatte, weil er seine verlorene Lieblingstochter wiederfinden wollte, das aber so vor sich selber und anderen nicht zugeben konnte, dann war das Deo-Angebot natürlich ein willkommener Vorwand. Wie lange hattet ihr euch nicht gesehen?«

»Seit über sechs Jahren, seit ich in Berlin bin.«

»Das ist 'ne Menge Zeit für 'n Vater, nehm ich an. Bin keiner. Warst du seine Lieblingstochter?«

»Ach, Lieblingstochter...«

Sie zögerte, drehte den Kopf an seiner Schulter und sah auf den See. Eddy glaubte zu spüren, wie sich ein Gewicht auf sie legte. Ziemlich lange bewegten sie sich nicht, und Eddy hatte Angst, einen Krampf im Rücken zu bekommen. Zur Ablenkung zählte er Enten.

Irgendwann atmete sie tief ein und sagte: »Ich hab das noch niemandem erzählt ... Komisch, nicht? Und jetzt dir, dem Hotellobby-Dalai-Lama.«

Eddy hielt ganz still. Sollte sein Rücken doch steif werden.

»An dem Tag, als mein Vater ermordet wurde, waren wir verabredet. Wir wollten uns in meiner neuen Wohnung treffen. Oder besser gesagt: Ich hab darauf bestanden, dass wir uns dort treffen. Als mein Vater gehört hat, ich hätte eine Dreizimmerwohnung in Kreuzberg gemietet, ist er fast ausgeflippt. In dem versifften Chaotenbezirk könne man doch nicht leben! Lustig, nicht? Der Neuköllner. Hab ich ihm gesagt: Wo ich wirklich nicht leben könnte, wäre im zehnmal versiffteren Neukölln. Dort, wo im Übrigen seine Mutter, meine Großmutter, sich bis heute weigert wegzuziehen, weil's einfach ihr Zuhause ist. Fand er auch unmöglich. Meine Mutter am Hermannplatz – wie sieht das aus! Na, jedenfalls: Er wollte sich mit mir aussprechen – so hat er's gesagt, und ich weiß, wie schwer ihm das gefallen sein muss. Sich aussprechen – allein die Formulierung hat er gehasst. Hippiescheiße! Aber er hat wohl gedacht, mir gefällt's. Und seinen Andeutungen nach wollte er mich, glaube ich, dazu überreden, mit zurück nach New Orleans zu kommen, wenigstens für eine Weile. Berlin war für ihn gelaufen, und meine Mutter hatte hier sowieso die ganze Zeit Heimweh.«

Eddy dachte an die Fotos in Königs Jackentasche. Der Bratwurst-King hatte seine Tochter nicht mit DVDs oder einer Slideshow auf dem neuesten Laptop zu einer Reise in die glückliche Vergangenheit verführen wollen, sondern mit einem Packen Abzüge, zehn mal fünfzehn, glänzend, das Stück für dreißig Cent. Man roch das Bratfett, aber Eddy roch es gerne.

»Und dann?«, fragte Eddy, weil die Frage nun mal gestellt werden musste. »Wie lief das Treffen?«

»Ich war nicht da«, antwortete sie mit gefasster Stimme. »Ich hab plötzlich Angst bekommen – vor der Streiterei, vor den alten Geschichten, vor New Orleans. New Orleans ist vorbei, und darüber zu reden macht mich nur traurig. Und mein Vater macht mich auch traurig – hat mich traurig gemacht ... Die jahrelangen Missverständnisse, die Kämpfe – und wofür? Weißt du, was die neueste Theorie der Polizei ist? Sie haben an der Feuerstelle Reste eines Kartons gefunden, darauf stand Peter Weiss, und jetzt glauben sie, von wegen Bücherverbrennungen und mein Vater die Ami-Sau – was ja schon fast jüdisch ist –, es könnte auch die Tat von Rechtsextremen sein. Kannst du das glauben? Ein ganzes Leben, und das endet dann so? Wegen solchem Schwachsinn?«

»Nein«, sagte Eddy, »das kann ich wirklich nicht glauben.«

»Ich auch nicht. Trotzdem ist es natürlich möglich, und was heißt das dann?«

Wieder saßen sie eine Weile stumm, und Romys Kopf lag immer noch an Eddys Schulter. Um den Schmerz im Rücken zu verdrängen, zählte er erneut Enten. Bis Romy sich plötzlich aufsetzte, wie ein Hund schüttelte, die Arme streckte und sagte: »Ich denke, es heißt: Wir brauchen jetzt dringend was zu trinken! Wir leben ja schließlich noch.

Wollte der Dalai-Lama mich nicht zum Kaffee einladen?«

»Sehr gerne.«

»Und zu einem Drink?«

»Noch lieber.«

»Allerdings wirkt dein Park, ehrlich gesagt, als gäb's dort im Schlossrestaurant nur dünnen Tee für alte Damen. Was dann wieder eher für die Lobby-*Tunte* sprechen würde. So rosagestreift beim Earl Grey – for-mi-da-ble!«

»Die Streifen waren abricot.«

»Pardon.«

»Wein, Champagner, Bier, Schnaps, Cocktails?«

Romy zuckte mit den Achseln. »Bin doch keine verzogene Euro-Tussi. Hauptsache, es knallt.«

Eddy kannte ein kleines, feines Weinlokal in der Nähe. Sie machten sich auf den Weg, und Romy fragte ihn nach Lover's Rock, wo er wohne, wie er lebe. Er nannte eine Adresse am Kottbusser Tor und beschrieb Arkadi und sich wie immer noch beste Freunde und Partner. Eigentlich ein Klacks, doch Eddy fühlte sich nicht wohl dabei. Irgendwie hörten sich seine Lügen an diesem Nachmittag falsch an.

Als sie an einem Zeitungsladen vorbeikamen, sah Eddy durch die Scheibe das Reklameplakat für die kommende *Boulevard-Berlin*-Ausgabe. Unauffällig schob er sich beim Gehen zwischen das Plakat und Romy. Auf dem Plakat standen drei Schlagzeilen. Die mittlere lautete: *Heißer Flirt bei Trauerfeier – Romy König und der große Unbekannte mit dem rosa Schlips.*

Eddy zwang sich, die Schlagzeile so schnell wie möglich zu verdrängen, und es wurde ein zauberhafter, überdrehter, nicht enden wollender Abend. Sie tranken drei oder vier Flaschen Wein – den genauen Überblick verloren sie nach der zweiten –, aßen Nieren in Senfsoße mit Bratkartoffeln, und am Ende bei Schnaps und Espresso rauchte Eddy zwei Craven A. Dann liefen sie von Charlottenburg bis Kreuzberg den ganzen Weg nach Hause. Erst am Kanal entlang, dann durch den Tiergarten, dann wieder am Kanal, und redeten und erzählten und küssten sich und lagen auf den Wiesen und stahlen Rosen. Gegen vier Uhr morgens erreichten sie die Wartenburgstraße, und Eddy dachte keine Sekunde an Nachbarn, die eventuell noch unterwegs sein und ihn grüßen konnten.

Doch als er am nächsten Morgen im Bett neben Romy in der Wohnung unter seiner Wohnung aufwachte, wusste er: So konnte es nicht weitergehen.

Die Giftschwuchtel

Eddy stand vor einem Coffeeshop auf der Friedrichstraße und sah hinüber auf das moderne, elegante, rundum verglaste Gebäude. Quer über die Front leuchtete der Schriftzug *Boulevard Berlin* in riesigen roten Neonlettern. Man konnte in die Büros und Konferenzsäle sehen, kleine Menschen an Tischen, Gesprächsrunden, Kaffeeautomaten, und Eddy fragte sich, wie sich das wohl anfühlte, wenn einem die ganze Stadt beim Arbeiten zusah. Natürlich sollte der Bau Offenheit und Ehrlichkeit suggerieren, seht her, uns bleibt gar nichts anderes übrig, als die Wahrheit zu schreiben.

Eddy seufzte. Schon seit über einer halben Stunde lief er auf und ab, blieb stehen, zögerte, holte sich einen Espresso aus dem Coffeeshop, dann noch einen, ging wieder ein paar Meter und versuchte sich darauf zu konzentrieren, was er Braake Schabraake sagen würde. Wie er ihn zwingen könnte, das Thema König oder wenigstens ›Romy König und der Unbekannte‹ fallenzulassen.

Das neue *Boulevard-Berlin*-Heft war am Morgen erschienen, und Eddy hatte Braakes Artikel *Heißer Flirt bei Trauerfeier* gelesen. Viel mehr als in der Überschrift stand nicht drin, und das Foto, das jemand heimlich geschossen hatte, zeigte nichts weiter als zwei undeutliche Gestalten in Sesseln. Es hätte auch jemand anders sein können, doch Eddy erkannte den abricotfarbenen Schlips. Wirklich beunruhigend war das Ende des Artikels: *Natürlich sei es jedem – und gerade jedem Trauernden – gegönnt, sich abzulenken und ein wenig Sonne ins düstere Dasein zu lassen. Doch hier geht es nicht nur um die Saga einer der mächtigsten Berliner Familien, sondern auch immer noch um die Zukunft der Deo-Werke. Der Patriarch ist tot – es leben die Erben! Wer wird nun die Entscheidungen treffen? Wer wird endgültig beschließen, dass achttausend Menschen ihre Arbeit verlieren? Dass es kein Zurück gibt? Noch stehen die Werke, noch sind die Maschinen in Berlin und nicht im Reich des Drachen, noch ist ein Kompromiss möglich. Wer wird ihn zimmern oder ausschlagen? Wer wird die Familie beraten, womöglich manipulieren – wer wird seinen Teil vom Kuchen abhaben wollen? Und darum ist es keine Privatangelegenheit, mit wem sich Romy König während der Beerdigung ihres Vaters amüsiert, sondern von öf-*

fentlichem Interesse. Ist der große Unbekannte mit dem rosa Schlips eventuell der neue Mann im Damenhaushalt König? Wird er in Zukunft die Geschicke des Unternehmens lenken? Und wenn ja: Wer ist dieser Mann? Berlin hat das Recht auf eine Antwort!

Beim Lesen hatte Eddy gedacht, wenn der Zufall es nun mal gewollt hatte, dass er jemanden umbrachte, warum nicht den Klatschpapst? Und dann von ihm aus auch richtig: mit einem Messer oder Baseballschläger oder so was.

Eddy schaute von seinem Espressobecher auf. Um Braake unter Druck zu setzen, sah er nur eine Möglichkeit, und die überzeugte ihn nicht mal besonders. Nicht auszuschließen, dass Braake ihn einfach auslachte. Und dann? Tja, Eddy, alter Junge, das war wohl nix, aber Schwamm drüber... Natürlich nicht. Braake würde die Gelegenheit zweifellos nutzen, um nun seinerseits Eddy unter Druck zu setzen. *Und dann?*

Eddy knüllte den Espressobecher in der Hand zusammen. Als Romy den Artikel gelesen hatte, war sie in Tränen ausgebrochen.

»Seit Wochen müssen wir uns diesen Dreck anhören! Meine Schwester und meine Großmutter trauen sich schon nicht mehr vor die Tür. Ich hab zum Glück 'n falschen Namen am Briefkasten, sonst... Diese Schweine! Mit dem Foto wissen die sicher bald, wer du bist. Ich hoffe, du hast nichts ausgefressen – die machen dich fertig!«

»Was ausgefressen?« Eddy lachte.

»Mir ist das egal. Aber die warten nur auf so was: Romy König Hand in Hand mit brutalem Verkehrsrowdy! Schon mal falsch geparkt?«

Wieder lachte Eddy.

»Inzwischen macht auch das Fernsehen mit, die ganzen fiesen Klatschsendungen. Vor ein paar Tagen hatten sie ein heimlich gedrehtes Filmchen, wie meine Mutter irgendeinen Angestellten im Asia-Markt dirigiert, ihr die Einkäufe in den Kofferraum zu packen. Und was sagt die Fernsehschlampe zur Abmoderation? Offenbar mache Shopping schon wieder Spaß. Besonders wenn junge Männer zur Hilfe stehen. Die lustige Witwe! Es ist wirklich die Hölle. Manchmal habe ich Angst, meine Mutter packt das nicht. Sie ist... na ja... eher wie meine Schwester, so... zerbrechlich, so ernsthaft, nimmt auch sonst alles eher schwer, und jetzt... Gestern hab ich sie gesehen, wie sie an ihrem Schlafzimmerfenster im dritten Stock stand und so komisch runterguckte. Das fehlte jetzt noch. Ich glaub, meine Schwester würde gleich hinterherspringen...«

Eddy warf den Espressobecher in den Papierkorb und knöpfte seine Cordjacke zu. Dann warf er einen Blick zum *Boulevard-Berlin*-Haus, schob die Fäuste in die Jackentaschen und lief zur nächsten Ampel. Während er auf Grün wartete, dachte er noch einmal an mögliche Konsequenzen und wusste, dass ihm keine Wahl blieb. Entweder so, oder er würde Deger- oder Dregerleins Geld nehmen und für eine Weile spurlos verschwinden. Wie er sich's ausgemalt hatte: auf eine schöne Insel, Spazierengehen, Komponieren, Bohnensuppe und Rotwein, Blick aufs Meer... Das Problem war: Vor zwei Wochen hatte es wie das Paradies geklungen. Nun klang es nach einer traurigen Kulisse, in der er vor Sehnsucht eingehen würde. Eine Lösung ohne Romy kam Eddy nicht mehr wie eine Lösung vor.

»Ihr Name?«

»Eddy Stein. Ich habe vorhin angerufen und einen Termin ausgemacht. Ich bin ein alter Freund von Herrn Braake.«

Braake Schabraakes Sekretärin sah kurz an ihm herunter. Obwohl höchstens Anfang dreißig und auf puppige Art sogar hübsch, mit kurzen blonden verstrubbelten Haaren, großen Kulleraugen und spitzem Näschen, begann sich ihr Mund schon verbittert zu verkneifen und hatte sie schon jenen gehetzten Bald-ist-das-Leben-vorbei-und-ich-werde-rein-gar-nichts-hingekriegt-haben-Blick, der dann meistens tatsächlich der Anfang vom Ende war. Noch ein paar lieblose Affären, ein Kompromiss-Mann, vielleicht ein Kind – ängstlich, dick, weinerlich –, irgendwann wahrscheinlich der totale Zusammenbruch, anschließend Therapie und Psychopharmaka, ein bisschen Kirchenarbeit oder Aquarellmalerei, schließlich Altersheim. Eine, die sich vom Schicksal betrogen fühlte und es darum für ihr gutes Recht hielt, wenn sich die Gelegenheit ergab, gewissermaßen zurückzubetrügen – ein ideales Opfer für den Blindentrick.

Ob er den Trick so bald noch mal anwenden könnte?

Sie sah von dem Kalender auf ihrem Schreibtisch auf. »... Ja, hier steht's. Wenn Sie dort bitte einen Moment warten würden.« Sie wies auf ein riesiges original Chesterfield-Sofa. »Darf ich Ihnen irgendwas zu trinken bringen? Wasser, Kaffee, Tee?«

»Nein, danke.«

Die folgenden zehn Minuten versank Eddy in weichem Leder und schaute aus dem vierzehnten Stock durch die Glasfassade über den im Sonnenlicht glänzenden Süden Berlins. Er suchte die Wartenburgstraße und erkannte die Kirche, deren Glockengeläut ihn regelmäßig verrückt machte.

Er stellte sich vor, wie Romy in diesem Moment an ihrem Küchentisch saß, vielleicht die *Herald Tribune* las und indischen Chai-Tee trank. Sie trug den hellblauen Bademantel, ihre nackten, glatten Beine lagen über der Tischkante, und die Zehen mit den rotlackierten Nägeln bewegten sich wie eigene kleine Wesen verspielt auf und ab. Es roch nach Tee und Schlaf und ein bisschen nach Schweiß, und auf der anderen Seite des Küchentischs stand noch Eddys Tasse.

Sein Herz klopfte bis in den Hals. So was war ihm schon lange nicht mehr passiert. Genau genommen nicht mehr seit der Schulzeit. Der Gedanke, Romy dort drüben zu wissen, sie überhaupt auf der Welt zu haben, brachte ihn um den Verstand.

»... Das darf ja wohl nicht wahr sein! Eddy, du alter Rabauke! Ich glaub's ja nicht!«

Braake Schabraake, braungebrannt im beigen Sommeranzug mit hellblauem, offenem Hemd, kam mit ausgebreiteten Armen und typisch gefräßigem Lächeln auf Eddy zu. Eddy lächelte zurück, erhob sich aus dem Sofa, breitete ebenfalls die Arme aus, und als sie sich klopften und drückten, wie es sich nach zwanzig Jahren gehörte, hatte Eddy das Gefühl, er sei schon fast verdaut.

»Fabian! Du siehst blendend aus! Mein lieber Mann: Un-ver-än-dert! Das blühende Leben!«

Sie hielten sich mit ausgestreckten Armen an den Schultern, sahen sich an und lachten. Aus den Augenwinkeln registrierte Eddy, wie sich die Sekretärin mit leicht angewidertem Ausdruck abwandte.

»Na, ›unverändert‹ will ich nicht hoffen«, sagte Braake, »wenn ich an den kleinen, verwirrten Steppke denke, der ich damals gewesen bin.«

Ist ja gut, dachte Eddy. Und nenn dich nicht Steppke – du bist aus scheiß Westdeutschland.

»Sagen wir so«, erwiderte Eddy herzlich strahlend, »du hast dich zum jungen Mann entwickelt!«

»Danke, mein Lieber.« Braake wies mit der Hand zu seiner Bürotür. »Komm rein, lass uns ein bisschen über alte Zeiten quatschen, und dann verrätst du mir, was mir die Ehre verschafft. Möchtest du irgendwas trinken? Wasser, Kaffee, Grappa, Whisky…?« Er lachte. »Weißt du noch, wie wir uns damals jede Nacht zugekippt haben? Wie die Verrückten, was? Waren das Zeiten!«

Du nicht, Schabraake. Du hast den ganzen Abend mit Coca-Cola in der Ecke gesessen und den Saufen-ist-primitiv-Klugscheißer gemimt.

»Ja, das waren Zeiten«, pflichtete Eddy bei. »Ein Wasser, bitte.«

»Liane, und für mich noch eine Kanne – ach so, Eddy, willst du vielleicht auch eine Tasse Fencheltee? Trinke ich jetzt immer, ist gut für den Magen.«

»Danke, Fabian, aber ich muss noch fahren.« Eddy guckte schelmisch. Der Witz war so blöd, dass Braake eigentlich nichts anderes übrigblieb, als ihn für einen Idioten zu halten. Vielleicht war das die richtige Taktik. Umso überraschender und gemeiner landete hoffentlich sein Erpressungsversuch.

Braake stutzte, dann begriff er oder tat zumindest so – denn was gab's schon zu begreifen, dachte Eddy –, grinste und deutete mit dem Zeigefinger auf Eddy. »Hey, noch der alte Scherzkeks, was?«

»Ich kann's nicht lassen.«

»Du warst schon immer 'ne irre Type, Eddy! Also: rein in die gute Stube.«

Sie betraten Braakes enormes, etwa siebzig Quadratmeter großes Eckraumbüro. Auch hier waren die Außenwände aus Glas, und der Hundertachtzig-Grad-Blick über halb Berlin raubte Eddy für einen Augenblick den Atem.

»Donnerwetter!«

»Nicht schlecht, was?«

»Das ist bestimmt der tollste Blick auf die Stadt, den ich kenne.«

»Ja, ziemlich einzigartig. Selbst wenn – na ja, man gewöhnt sich eben leider an alles.«

»Klar. Außerdem gibt's ja noch fünf Stockwerke oben drüber, nicht wahr? Da ist der Blick dann noch toller.«

»Äh, ja. Aber – also, die Stockwerke oben drüber sind nur für Geschäftsleitung und Verwaltung. Geld und Zahlen, verstehst du? Als Kreativer kommst du da nicht hin.«

Sie standen vor der Glasfront Richtung Westen, und Eddy stellte sich vor, wie die Sonne dort jeden Abend für Braake Schabraake romantisch versank. Gott war definitiv tot.

»Ja, Kreativer, was? Hab's gelesen: Du bist hier die ganz große Nummer. Der Klatschpapst! Gratuliere. Freut mich wirklich.«

»Danke, Eddy. Obwohl Klatschpapst... Also, eigentlich bin ich natürlich Autor und Journalist, aber... Na ja, man wird halt immer in irgendeine Schublade gesteckt.«

»Klar, die Klatschpapstschublade.«

»Äh, ja... Und jetzt erzähl du mal – was treibst du? Immer noch an der Klampfe?«

»Yeah«, Eddy nickte, »immer noch Rock 'n' Roll.«

»Ist nicht wahr?« Braake schaute begeistert.

Und zwar so begeistert, dachte Eddy, wie er selber schaute, wenn er vorgab, begeistert zu schauen. Er durfte Braake Schabraake nicht unterschätzen.

»... Und kannst du davon – ich meine, arbeitest du noch was nebenher, oder...«

»Nein. Es läuft gut. Viele Konzerte, besonders in Russland – mein Partner ist Russe –, und gerade haben wir 'nen neuen Plattenvertrag unterschrieben – ich kann nicht klagen. Natürlich haben wir kein Büro wie das hier...«

»Ach, das sind ja nur Äußerlichkeiten. Du weißt wahrscheinlich gar nicht, wie gut es dir geht. Seine Musik machen und davon leben können – find ich klasse.«

»Na, seine Texte schreiben und davon leben können ist auch nicht schlecht.«

»Stimmt natürlich, aber...« Braake tat, als zögere er, als sei ihm das Folgende unangenehm. »Sieh mal, ganz unter uns – und ich hoffe, du verstehst, wie ich's meine: Die zahlen mir hier eine mörder Kohle, das kannst du dir gar nicht vorstellen. Dazu die ganzen Extras: Ich bin auf jede wichtige Party eingeladen, die Zeitung hat mir eine Wohnung besorgt – ehrlich, ich hatte keine Ahnung, dass es solche Wohnungen überhaupt noch gibt: dreihundert Quadratmeter Altbau, Stuckdecken, Marmorbäder und ein Blick über den Park, also, der ist auch nicht ohne – jedenfalls: Das alles ist fabelhaft, aber... weißt du, die Seele – nun, die stirbt dabei natürlich ein bisschen. Artikel schreiben, Leute kennenlernen, ständig Verpflichtungen, immer unterwegs – mal ganz plump gesagt: Wann habe ich das letzte Mal einen Baum angeguckt, richtig angeguckt ... einen Baum ... Und so hab ich's gemeint: Du machst deine Musik und lebst davon, aber dir bleibt sicher Zeit, eben mal einfach nur einen Baum anzugucken oder eine Biene, die Wolken – diese wirklichen Wunder! Was ist dagegen das hundertste Abendessen im Borchardt oder irgendein Filmfestball?«

»Tja ...« Eddy befand sich in höchster Alarmbereitschaft. Gleich würde er eine reinbekommen.

»Komm, machen wir's uns doch gemütlich«, sagte Braake und wies auf einen der Ledersessel vor seinem Schreibtisch. »Den Blick hast du auch von dort.« Während Eddy sich setzte und Braake lässig um seinen cirka acht Quadratmeter großen Schreibtisch schlenderte, fuhr er fort: »Ich hab euch nämlich mal gesehen, Lover's Rock, Spandauer Fußgängerzone – und das fand ich ehrlich gesagt super! Leider kaum Zuschauer, aber das wird ja wohl mal so, mal so sein. Blöderweise musste ich gleich weiter, sonst hätte ich dich sicher angesprochen. Der Eddy! Das war schon 'ne Überraschung. Hätte am liebsten gleich mein Keyboard geholt und mitgerockt! Und dass du davon leben kannst – klasse.«

Eddy sah das kleine fröhliche Blitzen in Braakes Augen und wusste nicht genau: Überwog Bosheit oder Dummheit? Das war ja oft die Frage. Eddy zog Bosheit vor, die war wenigstens einigermaßen berechenbar. Doch bei Braake schien das Mischverhältnis nicht siebzig zu dreißig oder sechzig zu vierzig zu sein, sondern hundert zu hundert. Ein mathematisches Wunder.

Dann ging die Tür auf, Liane kam mit einem Tablett herein und servierte die Getränke.

»Danke, Liane. Und bitte, schau doch mal im Lager für Werbegeschenke, ob wir noch einen von diesen schönen schwarzen Pullovern haben. Ich würde meinem Freund hier gerne einen schenken. Was bist du, Eddy? Medium, small?«

Medium, small – sehr lustig. Das Faszinierende war, fand Eddy, dass Braake keine Ahnung haben konnte, weshalb er ihn aufsuchte, und einfach nur so aus Jux auf ihm rumtrampelte – er gab einfach immer zweihundert Prozent.

»Tut mir leid, sehr nett von dir, aber Schwarz steht mir nicht.«

»Ach nein? Nun, schade. Ich hätt dir gerne eine kleine Freude gemacht.« Und während Liane wie auf Zehenspitzen hinausschlich und lautlos die Tür schloss: »Dann erzähl doch mal, was dich zu mir führt, mein Lieber.«

Eddy nahm einen Schluck Wasser, stellte das Glas ab, schaute noch mal kurz über die Stadt Richtung Wartenburgstraße, dann sah er Braake in die Augen und sagte mit ruhiger Stimme: »Ich bin ein guter Freund von Romy König, und ich möchte, dass du deine Schmutzkampagne gegen ihre Familie beendest.«

Immerhin, für einen Augenblick blieb Braake der Mund offen stehen. »Du bist... ein Freund von Romy König?«

»Hmhm.«

Braake schaute weiter ungläubig, während sich sein Ton schlagartig änderte: »Dann kann man sich's natürlich leisten, in Fußgängerzonen rumzugammeln. Geht ihr zusammen ins Bett?«

»Hey, hast du gehört? Du sollst mit den Artikeln aufhören.«

Braake hüstelte verächtlich. »Und warum sollte ich das? Weil Eddy – wie heißt du noch mal mit Nachnamen? – vor seiner Kokainschlampe womöglich damit angegeben hat: He, ich kenn den Braake, ich werd dem mal ordentlich Bescheid stoßen? Hast du gedacht, so wie früher: Halt's Maul, Braake, oder du fliegst aus der Band? Tja, Eddy-Fußgängerzone, die Zeiten haben sich geändert – und zwar mächtig!«

»Man könnte sagen: höllisch.«

»Ach, du kleine neunmalkluge Bordsteinplunze, du hast ja keine Ahnung, wie sehr du und solche wie du mir am Arsch vorbeigehen. Kriech nach Hause, und richte deiner Romy aus, dass ich ihre Familie fertigmache...« Er spreizte seine Hände über der Brust und bleckte die Zähne. »...Weil ich jetzt das soziale Gewissen der Stadt bin! Fabian Braake im Kampf für achttausend Arbeitsplätze! Väter, Mütter – Leute, die sich jahrelang krummgeschuftet haben, um ihre Kinder zu ernähren und vielleicht mal 'ne Woche auf Mallorca rumzuliegen, und nun von heute auf morgen auf der Straße stehen! Damit Königs noch größeren Profit machen, sich noch eine goldene Reisschale mehr kaufen können!«

»Ach Gott, Braake.« Eddy seufzte. Er schien sich tatsächlich als Rächer des Proletariats zu sehen.

»Tu gefälligst nicht so herablassend! Immer noch derselbe arrogante Charlottenburger Schnösel: He, Schabraake, wenn du mal versuchen könntest, anstatt dir mit 'm Finger im After rumzupopeln, die Tasten vernünftig zu treffen, dann käm da vielleicht auch mal 'n gerader Ton raus...! Hier...« Er warf Eddy die Hände entgegen. »... Kannst deinen chinesischen Freunden meine nächste Schlagzeile ausrichten: Hat Horst König die Deo-Werke an Verwandte seiner Frau verscherbelt? Man wird doch wohl noch fragen dürfen! Und aus Königs Mörder mach ich den Berliner Che Guevara! Verstehst du, Eddy-Fußgängerzone? Inzwischen bin *ich* am Drücker!«

Eddy betrachtete Braake, wie er ihn schwer atmend mit gerötetem, verzerrtem Gesicht anfunkelte, und stellte verblüfft fest, dass ihm die Giftschwuchtel ähnlich wie vor zwanzig Jahren am Bahnhof Zoo leid tat. Er wirkte noch genauso unglücklich, verlassen und grausam wie früher. Nichts hatte sich verändert, nur der Ausblick von seinem Arbeitsplatz.

»Okay, Braake, du bist am Drücker und das soziale Gewissen Berlins und überhaupt ein Riesenkerl. Was meinst du? Läuft das so weiter, wenn die Leute erfahren, dass du mal 'ne Weile in der Jebenstraße im Angebot warst?«

Braake hielt inne. »In der… was?«

»Jebenstraße. Das ist das Urinbecken hinterm Bahnhof Zoo. Früher gab's da Jungs zu kaufen.«

Erneut blieb Braake der Mund offen stehen, und er brauchte eine Weile, um die Attacke zu verarbeiten. Dann beugte er sich vor, betrachtete Eddy mit leicht zusammengekniffenen Augen und sagte in leisem, knurrendem Ton: »Hohoho – wenn das kein rattiger Erpressungsversuch ist…« Er überlegte kurz, und Eddy rechnete es ihm an, dass er nicht versuchte zu leugnen. »Beweise?«

»Fotos. Ich hab dich gesehen und mir gedacht, irgendwann werde ich das mal gebrauchen können. Und siehe da…«

Natürlich gab es keine Fotos, aber es gab einen ausgezeichneten Fotofälscher in Eddys Bekanntenkreis, für den eine diffuse Nachtaufnahme mit Braakes Gesicht ein Klacks war.

Braake überlegte wieder, dann schüttelte er den Kopf und lächelte ungläubig. »Also wirklich, das is 'n Ding!« Fast so, als empfinde er Respekt für Eddys Tiefschlagqualitäten. Und nach einer weiteren Pause: »Tja, was soll ich sagen…« Er lächelte immer noch, und langsam wurde Eddy unwohl. »Wie lange ist das jetzt her? Zwanzig Jahre?«

Eddy griff nach dem Glas Wasser. Seine Hand zitterte leicht. Er trank einen Schluck und sah hinüber nach Kreuzberg 61, zur Kirche, zu Romy, und weiter über Tempelhof und die Vororte, dorthin, wo sie Königs Leiche verbrannt hatten.

Noch im selben Moment wusste er, es funktionierte nicht. Er hatte verloren. Er hatte alles auf eine schwache Karte gesetzt und im Grunde schon vorher geahnt, dass es nicht klappen würde. Trotzdem hatte er es versuchen müssen – daran gab es keinen Zweifel.

Braakes Stimme drang nun wie aus weiter Ferne zu ihm.

»Weißt du, was? Ich glaube, das ist genau das Maß an schillernder Underdog-Vergangenheit, das mir zur vollkommenen Authentizität noch fehlt. Exstricher – da bin ich moralisch doch quasi Jesus: Fabian Braake, unser Mann von ganz unten, aus den Abwasserkanälen des Lebens aufgestiegen zum Ankläger der Nation! Einer, der weiß, was Arbeitslosigkeit, Misere, Hunger bedeutet! Der seinen Körper verkaufen musste für einen Bissen Brot! Und ins Bett krieg ich dann auch fast jeden. Exnutte und Promi – die werden Schlange stehen.«

Eddy erhob sich schwerfällig aus dem Sessel. »Die werden dafür bezahlen. Danke für das Wasser.«

»He he, Moment mal – mir wird gerade noch was ganz anderes klar...« Braakes Stimme überschlug sich fast vor Freude. »Du bist der Kerl aus der Kempinski-Lobby! Na klar! Ich hab doch gleich gedacht, der Typ auf dem Foto erinnert mich an irgendwen! Heiliger Bimbam, das wird 'ne Schlagzeile: Königs Tochter mit Hasse-ma-n-Euro-Musiker! Super! Eddy, dich hat der liebe Gott geschickt! Aber bevor du gehst, warte, ich mach dir 'n faires Angebot...«

Eddy blieb stehen und wandte den Kopf. »Ja?«

Braake sah ihm auf eine Weise in die Augen, als meine er es ernst. Und er meinte es ernst. »Ich halt dich völlig raus und bezahl dir sogar was. Und zwar...« Er überlegte kurz. »Sagen wir, zweitausend im Monat – ach was, komm: dreitausend, aus alter Freundschaft. Dafür versorgst du mich mit Informationen aus dem Hause König. Kann ruhig ganz Alltägliches sein, was gibt's zum Frühstück, welche Filme werden geguckt – ich mach dann schon was draus...«

»Davon bin ich überzeugt.«

»Und weißt du, was passiert, wenn du ablehnst?«

»Na, los.«

»Ich setz jemanden auf dich an, der soll dein Leben auseinandernehmen. Straßenmusiker – da stecken doch jede Menge Geschichten drin, Geschichten von öffentlichem Interesse. Mal angenommen, du heiratest die Schlampe noch. Verstehst du? Ein Profi, der dein Leben von A bis Z durchleuchtet. Und ob da immer alles legal gewesen ist? Eddy-Fußgängerzone mit Iwan dem Schrecklichen – da wird doch das eine oder andere krumme Ding gelaufen sein...«

Eddy nickte leicht. »Ich überleg's mir.«

»Aber nicht zu lange. Die nächste Ausgabe

kommt in fünf Tagen. Bis morgen Abend will ich eine Antwort.«

»Gib mir deine Handynummer.«

Braake nahm eine Visitenkarte vom Schreibtisch und hielt sie in die Luft. Eddy riss sich zusammen, ging die zehn Meter zurück und zupfte die Karte aus Braakes Fingern.

»Keine Tricks, Eddy.«

Eddy runzelte die Stirn. »Tricks?«

Braake musterte ihn scharf, ehe er leicht den Kopf schüttelte. »Stimmt. Dafür bist du irgendwie nicht der Typ. Wolltest deiner kleinen Freundin helfen, was? Der süßen Romy, der Umweltschützerin. Hast es wahrscheinlich noch nicht mal auf ihr Geld abgesehen. Nur die Liebe zählt. Lover's Rock…« Braake lachte. »Der heilige Eddy!«

»Bis später, Fabian.«

Der heilige Eddy

Ich kann heute nicht kommen.«
»Was? Wieso nicht? Ich hab sogar gekocht. Was aus'm Süden: Jambalaya. Das kennst du nicht – wenigstens nicht so – von mir.«

»Es tut mir wirklich sehr leid, Romy, aber...« Eddy holte tief Luft, wobei er das Handy vom Mund weghielt. Als er wieder ansetzen wollte, versagte ihm die Stimme. Er räusperte sich.

»Eddy...?« Es entstand eine Pause. Er hörte einen leisen Schlag, wie von einer Packung Zigaretten, die auf den Tisch fiel, dann das Klicken eines Feuerzeugs. »Was ist passiert?«

Eddy holte erneut tief Luft. »Nichts... Jedenfalls nicht heute... Hör zu, ich muss schnell machen: Wenn du und deine Familie, wenn ihr in Berlin eure Ruhe haben wollt, dann macht aus den Deo-Werken irgendwas, wofür ihr eine Menge Leute einstellen müsst und wo man am Image kaum kratzen kann: Bio-Kinderkleidung, handgemachtes Holzspielzeug oder so was. Damit verdient ihr vielleicht kein Geld, aber ihr bekommt die Stadt zurück. Wenn nämlich nichts passiert, geht die Kampagne gegen euch so lange weiter, bis ihr alle tot seid. Der Typ bei *Boulevard Berlin* glaubt, sich mit der Geschichte unsterblich machen zu können, und hält sich schon jetzt für 'ne Art Revolutionsführer.«

»Du kennst den?«

»Ja, von früher. Und ich hab versucht mit ihm zu reden, aber da geht nichts.«

»Du kennst dieses Schwein...?« Romys Stimme wurde hart. »Warum hast du mir das nicht gesagt?«

»Weil es...«

Eddy zögerte. Er konnte es nicht. Er konnte nicht am Telefon erklären: Weil es ganz andere Sachen gibt, die ich dir nicht gesagt habe – zum Beispiel, dass ich deinen Vater verbrannt habe. Ging nicht. Ausgeschlossen.

Eddy sah hinüber zur Polizeiwache. Er konnte es ihr auch nicht von Angesicht zu Angesicht erklären. Er konnte sie nicht noch mal in eine Situation bringen, in der sie unwissend – und sei es nur zur Begrüßung – den Mann küsste oder auch nur herzlich ansah, der die Schuld an allem trug, was in den letzten zwei Wochen über sie hereingebrochen war. Jedenfalls nicht, wenn er sich eine minimale

Chance bewahren wollte, Romy irgendwann noch mal wiederzusehen.

»Eddy?! Bist du noch da?! *What the hell…?!*«

»Romy… Du musst mir eines glauben: Ich hatte nicht geplant, irgendwas mit dir anzufangen – ich meine, so was ist ja nie geplant, aber in dem Fall… Du musst es mir einfach glauben: Ich habe mich ganz normal in dich verliebt. Als hätten wir uns zufällig im Zug getroffen.«

»Aber… warum sollte ich das nicht glauben? Ich hab mich auch verliebt, Eddy. Und ich schwör dir, bei allem, was passiert ist, habe ich als Letztes daran gedacht, mir während der Trauerfeier einen Kerl zu angeln.«

Eddy sah wieder hinüber zur Polizeiwache. »Vergiss das nicht.«

»Sag mal, hast du irgendwas genommen?«

»Ich muss für eine Weile weg, vielleicht für eine ziemlich lange Weile. Ich kann's nicht einschätzen. Ich werde dir alles in einem Brief erklären. Es geht nicht anders. Wenn ich länger warte, wird alles nur schlimmer.«

»Schlimmer? Herrgott, was denn?!«

»Ich muss los, Romy. Ich liebe dich. Du bist die Frau, auf die ich immer gewartet habe.«

»Na, dafür bist du aber schnell wieder –«

Eddy klappte sein Handy zu. Er blieb auf dem

Mauervorsprung gegenüber der Polizeiwache sitzen, sah vor sich auf den Boden und ließ es klingeln. Nach etwa fünf Minuten gab Romy auf. Dann wählte er die Nummer von Braake Schabraake.

»Hallo, Fabian.«

»Hey, Eddy! Das ging ja schnell. Und? Wie sieht's aus?«

»Ich mach's.«

»Tatsächlich? Das finde ich jetzt wirklich ganz prima! Wirst sehen, mein Lieber, wir machen Geschichte!«

»Nur eines noch, Fabian, und bitte hör mir genau zu...«

»Natürlich...«

»Uns ist beiden klar, dass wir uns nicht besonders mögen, aber deshalb wollen wir uns nicht gleich umbringen, oder?«

»Aber, Eddy, um Gottes willen...«

»Ich meine, immerhin haben wir mal Musik zusammen gemacht, und wenn wir sonst auch wenig teilen, aber da treffen wir uns: Willy DeVille, Bobby Blue Bland, Ike Turner...«

»Hey, Eddy, die Besten!«

»Siehst du? Und weil ich überzeugt bin, dass Musikgeschmack niemals trügt, denke ich, dass zwischen uns trotz aller Differenzen doch eine –

und sei es eine noch so kleine – Seelenverwandtschaft besteht. Und nur darum und im festen Glauben an Blues, Soul und Rock 'n' Roll sage ich dir: Wenn du, wie angedroht, mein Leben von irgendwem durchleuchten lässt und das öffentlich machst, bin ich geliefert – und zwar total!«

»Aha, okay, verstehe...«

»Du musst mir also hoch und heilig versprechen, dass da nichts läuft!«

»Aber, Eddy...! Hab ich doch schon. Kannst du völlig beruhigt sein. Ich bin an dir doch gar nicht interessiert. Und selbst wenn: würd ich niemals tun. Wie du gesagt hast: Wir haben immerhin mal zusammen Musik gemacht, ich leg dich doch nicht rein.«

»Bitte, Fabian, ich vertrau dir....«

»Kannst du, mein Lieber, Ehrenwort.«

»Okay, dann habe ich vielleicht schon was Interessantes für dich...«

»Ach ja...?«

»Neulich, beim Schildkrötenfüttern, hat Romys Schwester Chantal, als sie mich außer Hörweite glaubte, zu ihrer Mutter gesagt: Und wenn es doch Günther war? Ich muss sagen, schon die ganze Zeit liegt etwas auf der Familie, als wüssten alle insgeheim, dass ein privates Drama zum Mord geführt hat. Als ich dann zurückkam, wurde sofort wieder über Futtermischungen und das Wetter gesprochen.«

Braake schien einen Moment die Luft anzuhalten, dann platzte es aus ihm heraus: »Und wenn es doch Günther war…?! Ich glaub's nicht! Das ist ja der Wahnsinn! Weißt du was? Das nehm ich genau so als Überschrift! Was für eine Geschichte! Der Versager-Bruder, der es nie aus Neukölln raus geschafft hat, ein Leben lang die Demütigung ertragen musste und der nun seinem Schmerz und seiner Wut über Horsts arroganten Umgang mit ihm und der Stadt ein für alle Mal Luft gemacht hat. Damit habe ich Che Guevara *und* Kain und Abel – das ist der absolute Hammer!« Braakes erregter Atem tönte aus dem Hörer. »Sag mal, Eddy, ganz unter uns, was machen die eigentlich mit den Viechern?«

»Mit den Schildkröten?«

»Ja. Ich les immer, der Alte hätte sie so gerne angeguckt. Aber das ist doch… ich meine, viel zu gucken gibt's da ja nicht – fressen die die vielleicht?«

»Ja, klar. Im Gulasch oder in der Suppe – gerade vorgestern gab's Schildkrötensuppe.«

»Ach, komm! Und wir sehen immer die Fotos am Teich, Familie König mit diesen ruhigen, sympathischen, zenmäßigen Urtieren – und dann ist der Fotograf weg, und zack in den Topf?! Eddy, du bist Gold wert, ehrlich!«

»Apropos, Fabian: Wie machen wir's mit der Bezahlung.«

»Ach ja. Nun, wie wär's, du kommst einfach zu mir nach Hause? Zum Beispiel nächsten Samstag, wenn das Heft raus ist. Können wir gleich unsere Titelgeschichte ein bisschen feiern. Abends nach zehn, schön unauffällig... hm?«

»Okay, also dann, bis Samstag.«

»Bis Samstag. Und Eddy... Du weißt, dass du mir deine Informationen, falls es zum Prozess kommt – was ich überhaupt nicht glaube, aber wenn Königs plötzlich verrückt spielen, vielleicht doch –, also dass du mir die dann bezeugen musst.«

»Hab ich mir schon gedacht.«

»Gut, sehr gut. Also, mein Lieber...«

Anschließend rief Eddy seinen Charlottenburger Hehler an und ließ sich von ihm die Nummer eines Anwalts geben. Das Telefonat mit dem Anwalt dauerte über eine Stunde. Danach ging Eddy hinüber zur Polizeiwache.

Der Beamte beugte sich, den Kopf in die Hände gestützt, über den Tresen, sah Eddy mit müden, rotunterlaufenen Augen an und sagte nach einer Pause: »Und deshalb überlegen Sie sich das bitte noch mal ganz genau. Denn wenn ich die Maschinerie jetzt anschmeiße, dann kriegen Sie auf jeden Fall Ärger wegen Falschaussage.«

»Ich kriege keinen Ärger wegen Falschaussage.« Der Beamte schob den Kopf samt Händen und Ellbogen ein Stück vor und musterte Eddy über die Tresenkante hinweg von unten bis oben. Die teuren, tabakbraunen Pferdelederschuhe, die schicken Bluejeans, die Cordjacke in gebrochenem Weiß, den unauffälligen Kurzhaarschnitt. Dann sackte er das Stück wieder zurück und schnalzte gelangweilt mit der Zunge. »Wollen Sie Ihrer Freundin imponieren, oder haben Sie 'ne Wette verloren? Sie haben mit Horst Königs Tod so viel zu tun wie meine Oma. Soll ich Ihnen verraten, wie viele Verrückte jeden Tag auf die Berliner Wachen kommen und behaupten, sie hätten den König umgehauen?«

»Ich habe ihn nicht umgehauen. Er ist ausgerutscht und gefallen. Ich stand zufällig daneben und bekam Angst, dass man mich verdächtigt, ich hätte ihn umgebracht.«

»Und da haben Sie ihn lieber schnell in den Wald geschleppt und verbrannt.«

»Genau.«

»Hauchen Sie mich mal an.«

»Hauchen *Sie* mich mal an.«

»Na, jetzt reicht's aber. Dann kriegen Sie eben

Ihren Ärger.« Kopfschüttelnd rappelte er sich vom Tresen auf und schlurfte zum Schreibtisch. Er nahm den Hörer vom Telefon, tippte eine zweistellige Nummer, sah Eddy mit seinen müden Augen an wie ein deprimierter Hund und sagte nach einer Weile: »Ja, hier Abschnitt zweiundfünfzig, ham wieder 'nen Volkshelden... Bestimmt nicht, aber er besteht drauf, und ich hab die Faxen dicke ... Okay, bis dann.«

Er legte auf und nickte Eddy zu. »Kommt dann gleich jemand für Sie.«

Eine Stunde später machte Eddy seine Aussage. Darin war Horst König, überrascht von Eddys Auftauchen im Treppenhaus, hastig von der Tür zur Wohnung seiner Tochter zurückgetreten, auf seinen glatten Ledersohlen ausgerutscht und mit dem Kopf unglücklich auf eine vor der gegenüberliegenden Wohnung abgestellten Harpune der Firma Lit-Games geschlagen. Aus Angst vor Konsequenzen habe er König, dessen Gesicht ihm aus den Medien natürlich bekannt gewesen sei, in einen alten Kontrabasskoffer gepackt – »ich bin Musiker von Beruf« – und mit der U-Bahn und auf den Schultern aus der Stadt und in den Wald geschafft. Sofa und Kartons hätten dort als illegaler Müll rumgestanden, und in Panik habe er den furchtbaren und dummen Entschluss gefasst, die Leiche zu verbrennen, in der Hoffnung, König würde einfach als vermisst gemeldet werden.

»Na, aber wo haben Sie denn da im Wald auf einmal das Benzin hergehabt?«

»Ich sag doch, ich war total in Panik, und die Panik wurde natürlich mit jedem Schritt, den ich machte größer, weil ich ja wusste, dass ich mich mit jedem Schritt mehr reinreite. Völlig durchgedreht bin ich noch mal zurück in die Stadt und hab Benzin gekauft.«

»An einer Tankstelle?«

»Ja.«

»Wo?«

Eddy nannte eine Tankstelle im Süden Tempelhofs.

Nach fast drei Stunden waren sie fertig, und Eddy wurde in eine Zelle gebracht. Vier Tage später wünschte er, seiner Aussage noch etwas hinzuzufügen. Sein Anwalt sei schon informiert und gebe in diesen Stunden folgende Meldung an verschiedene Tageszeitungen heraus: Fabian Braake, der bekannte Journalist und sogenannte ›Klatschpapst‹ der Wochenzeitung *Boulevard Berlin,* sei von ihm am Tag seiner – Eddy Steins – Verhaftung persönlich informiert worden, dass an sämtlichen von Braake in seiner Zeitung sowie verschiedenen Medien geäußerten Vermutungen und Verdächtigungen in Bezug auf Königs Tod und dessen Familie nichts dran sei. Er habe ihm in allen Einzelheiten geschildert, wie es zum Unfall und der anschließenden Verschleppung und Verbrennung der Leiche gekommen sei und dass es sich weder um eine politisch noch privat motivierte Tat gehandelt habe. Die heutige Schlagzeile *Und wenn es doch Günther war?* sei somit pure und wissentliche Verleumdung. Er habe Braake aus alter Freundschaft davor bewahren wollen, sich im Zusammenhang mit Königs Tod immer mehr in unhaltbare Theorien zu versteigen und sowohl seiner Reputation als Journalist als auch dem Wohl der Familie König erheblichen Schaden zuzufügen. Seinen Besuch in Braakes Büro könne dessen Sekretärin Liane bezeugen.

Der wunderbarste Duft der Welt

Aber ich meine, wie war das denn die Wochen, wo sie dich überall gefeiert haben? Das muss doch auch irgendwie geil gewesen sein?«

Robert – »von *robber*, wenn du Englisch verstehst, Alter, ha-ha, aber nenn mich bitte Robby« – lag auf seinem Bett und sah Eddy beim Teemachen zu. Von seinem Anwalt hatte der sich eine Mono-Kanne, ein Fünfhundert-Gramm-Paket Assam und einen Wasserkocher besorgen lassen.

»Man hat ja nicht mich gefeiert. Außerdem: Sie haben gedacht, es sei Mord, und haben den Mörder gefeiert – das ist krank.«

»Schon, aber...« Robert war Mitte zwanzig und aus dem Wedding, und seit man ihn vor zwei Tagen mit Eddy zusammengelegt hatte, war er von dessen Geschichte und dem Umstand, dass er mit Eddy eine Zelle teilte, unverändert fasziniert.

»Jedenfalls haben alle über dich geredet, was? Und du konntest einfach so rumgehen, dir alles anhören und wusstest...« – er überlegte – »... also, wusstest es eben besser. Eben so Mäuschen, was? Und das in der ganzen Stadt, wo du auch hinkamst. Mann, ich hab 'n Kumpel, der – also, der ist schon ziemlich schräg drauf, aber: Hey, echter Fan von dir! Wirklich wahr! Wenn ich dem erzähle, ich saß mit dir in der Zelle, der flippt aus. Und weißt du, was er immer gesagt hat: Der Königsmörder – so hat er dich genannt, Königsmörder, geil, was? –, also jedenfalls: Der Königsmörder, das wär endlich mal einer, der laut und deutlich ›nein‹ gesagt hätte!«

Eddy goss das nahezu kochende Wasser über den Tee und sah auf die Uhr. Drei Minuten ziehen lassen. »Wieso ›nein‹?«

»Na, ›nein‹ im Sinne von: Hier ist jetzt mal Schluss, nicht mit uns, nicht so, so geht's nicht weiter – ›nein‹ eben.«

»Was geht so nicht weiter?«

»Na, alles: die Globalisierung, die scheiß Politik, die Chinesen und so 'ne Typen wie der König, die einfach immer nur absahnen, überhaupt: die Amerikaner – alles eben. Ich sag dir, bei mir im Haus sind sie entweder arbeitslos oder ham 'nen super Kackjob – weißte, wo man echt nur hingeht, um abzuhängen und am Ende des Monats die paar Euro mitzunehmen.«

»Was machst *du* denn normalerweise so?« Eddy

nahm den Eisenfilter aus der Kanne und legte ihn auf einen Teller. »Auch eine Tasse?«

»Nein danke, ist mir zu heftig, dein Tee. Hab's mit 'm Kreislauf, weißte.«

»Wenn du nicht gerade wegen – was noch mal einsitzt?«

»Mann, Alter, viel kriegst du aber nich mit. Schon Alzheimer, was?« Robert lachte.

»Tut mir leid, ich bin mit den Gedanken zurzeit meistens woanders.«

»Klar. Überlegst dir wahrscheinlich, an wen du die Story vertickst, was? Der Königsmörder, O-Ton, so und so hat sich das angefühlt – kriegste doch 'nen Haufen Kohle.«

»Komm, sag.«

»Hab ich doch schon. Hab 'n paar Touristen abgezogen.«

»Ach ja, stimmt…« Eddy setzte sich mit seiner Tasse ans vergitterte Fenster. Draußen schien die Sonne. »Und wie genau? Hast du das auch erzählt?«

»Nö. Weil…« Robert sah Eddy mit zusammengekniffenen Augen prüfend an. »Na, 'n Spitzel wirst du ja wohl kaum sein. Wär ja irgendwie komisch, oder?«

»Keine Angst.« Eddy trank einen Schluck und schaute hinauf in den blauen Himmel.

»...Weil: ich hatt nämlich 'n Messer, aber das geb ich nich zu, weil mit 'm Messer, da haste gleich 'n ganz anderes Strafmaß, weißte.«

»Hmhm.«

»Na ja, bin halt hingegangen, da am Brandenburger Tor, und hab gesagt: *Hands up, pockets to me* – weil, die haben kein Deutsch gesprochen. Und dann hat der eine mir einfach voll in die Eier getreten, ich spür's jetzt noch, und das Nächste, was ich verschwommen sehe, is die Bullerei. Das Messer hab ich noch schnell in 'n Gully werfen können, und jetzt is Aussage gegen Aussage.«

»Ist aber auch nicht besonders geschickt: am Brandenburger Tor. Weiß man doch, dass da alles voller Polizei ist.«

»Ach, hast du Ahnung, ja?« Robert runzelte die Stirn. »Mein Kumpel, dein Fan, der hat mir gesagt, du wärst Musiker – so wie du aussiehst, spielste wahrscheinlich so gepflegten« – er machte den Mund auf und hielt den Zeigefinger davor, als wollte er kotzen – »Jäääzz. Also, erzähl mir bitte nicht, was in meinem Job geschickt ist oder nicht.«

»Das ist also dein Job? Touristen abziehen?«

Wieder kniff Robert die Augen zusammen. »Warum willst 'n das so genau wissen? Biste doch 'n Spitzel, was? Bisschen Strafnachlass...«

»Vielleicht schenk ich dir 'n Trick.«

»Hä? Was 'n für 'n Trick?«

Eddy sah zum Tisch an der Wand, auf dem der Papierblock mit dem Anfang eines zweiten Briefs an Romy lag. Den ersten hatte er vor über drei Wochen gleich am Tag nach seiner Verhaftung geschrieben und abgeschickt. Bisher war keine Antwort gekommen, und mit jedem Tag, der verging, rechnete er weniger damit. Bis auf eine Abweichung hatte er ihr die Version der Ereignisse gegeben, die wenig später in fast allen Zeitungen erschienen war. Sogar *Boulevard Berlin* berichtete seit Braakes Beurlaubung einigermaßen korrekt.

In den Zeitungen stand: *Der des Mordes verdächtige Eddy Stein behauptet, König sei in einer von ihm womöglich als peinlich empfundenen Situation, nämlich wie er seine Tochter angefleht habe, doch bitte die Tür zu öffnen, von Stein überrascht worden und vor Schreck zu hastig zurückgetreten.*

Im Brief an Romy stand: *...Und du hattest natürlich recht, er wollte dich überreden, mit zurück nach New Orleans zu kommen. In seiner Tasche war ein Packen Fotos von eurer Villa, dem Garten, den Schildkröten. Und er wollte gut für dich aussehen. Du hast gesagt, er wollte immer gut aussehen, aber an diesem Nachmittag hatte er sich wirklich ganz besonders fein gemacht. Auch sonst* *wirkte er während des kurzen Moments, in dem ich ihn gesehen habe, bevor er ausgerutscht ist, wie ein Mann vor einem wichtigen Rendezvous: sehr aufgeregt, sehr ernst, sehr konzentriert. Und weil er dir so gefallen wollte, kam es zum dümmsten Unfall, den man sich vorstellen kann: Als er mich bemerkte, schaute er gerade in seinen Taschenspiegel und säuberte sich mit dem Fingernagel die Zähne. Das war es, wobei er nicht gesehen werden wollte und was ihn zurückfahren und das Gleichgewicht verlieren ließ...*

Alles Weitere deckte sich mit seiner Aussage bei der Polizei. Und wie der Polizei hatte er auch Romy den wirklichen Grund für seine Panik beim Anblick von Königs Leiche verschwiegen: sein Leben als Betrüger. Im zweiten Brief wollte er ihr die Wahrheit schreiben. Bis auf die Gigolojobs sollte alles auf den Tisch. Und wenn sie ihn an die Polizei verriet – von ihm aus. Hauptsache, sie würde ihm seine Rolle beim Tod ihres Vaters glauben.

»...He, bist du noch da? Was für 'n Trick?«

Doch selbst wenn sie ihn nicht verriet und egal wie der Prozess ausging, mit seiner Betrügerkarriere war es fürs Erste vorbei. Auch wenn er freigesprochen würde, inzwischen kannte in Deutschland fast jeder sein Foto aus der Zeitung. Er hatte sich schon gewundert, dass noch keine Exopfer von ihm aufgetaucht waren. Deger- oder Dregerlein, zum Beispiel, musste sein Gesicht doch noch ganz gut in Erinnerung haben.

»Alter, vielleicht hat mein Kumpel recht, und du hast mal laut und deutlich ›nein‹ gesagt, aber seitdem sagst du nich mehr viel.«

Eddy trank einen Schluck und wandte sich zu Robert. »Hör zu, hier ist der Trick...«

Robert nickte. »Okay, schieß los.«

»Du spielst 'nen Blinden.«

»'nen Blinden? Warum das denn?«

»Das erklär ich dir ja nun. Also: Du guckst einfach nur starr vor dich hin und klopfst mit einem weißen Blindenstock den Weg vor dir ab. Selbst wenn dir der Blick nicht immer perfekt gelingt, kaum ein Nichtblinder kennt sich mit blinden Augen genug aus, um misstrauisch zu werden. Dann stellst du dich nach Schalterschluss in die Nähe einer Bank mit Geldautomaten im Vorraum. Und zwar in einer ruhigen Gegend in einem eher wohlhabenden Viertel: Charlottenburg, Wilmersdorf, Mitte oder so. Aber auch nicht zu ruhig und wohlhabend – zum Beispiel nicht in Grunewald, wo sich möglicherweise alle in der Nachbarschaft kennen. Und selber musst du auch wohlhabend aussehen, am besten sogar stinkreich. Guter Anzug, teure Schuhe, feines Rasierwasser – verstehst du?«

»Ich weiß schon, was stinkreich heißt, auch wenn ich aus 'm Wedding bin.«

»Okay. Dann wartest du, bis ein Mann oder eine Frau – Frauen sind erfahrungsgemäß besser, weil nicht ganz so rechthaberisch und auch ein bisschen schamvoller –, auf jeden Fall so um die fünfzig, möglichst frustriert, einsam und natürlich der festen Überzeugung, dass die Schuld an ihrem verkorksten Leben andere tragen: der Mann, die Eltern, die Chinesen, die Umstände, was auch immer. Du wartest also, bis die Person in der Bank ist und am Geldautomaten steht, dann gehst du hinterher. Wahrscheinlich musst du die Tür mit deiner EC-Karte öffnen, das machst du schön umständlich tastend wie 'n Blinder eben, oder wie sich ein Sehender einen Blinden vorstellt, denn Blinde erinnern sich ja meistens ganz genau, wo sich irgendwas befindet. Du gehst also mit deinem Stock auf den Boden klappernd hinein und wirst sofort möglichst laut und ausfällig. Etwa so: Was ist das denn für ein Sauservice hier?! Einmal brauche ich jemanden, da sind sie schon alle in ihrem verfluchten Feierabend, verfluchte Caipirinhas saufen! Und zwar von meinem Geld! Arbeitslos sollen sie alle werden, die faulen Schweine! Oh – da ist ja jemand! Hallo?! Können Sie mir mal helfen? Hey, ich weiß doch, dass Sie da sind! Können Sie verdammt noch mal 'nem blinden Mann helfen?! Und dann erklärst du, dass du zwar deine Geheimnummer eingeben könntest, aber die auf dem Bildschirm erscheinenden Anweisungen zum Geldabheben nicht kennst – weil nämlich normalerweise dein verfluchter Sekretär fürs Geldholen zuständig sei –, und fragst, ob dir die Person mal schnell fünfhundert Euro – bisschen Taschengeld – rausholen würde. Ab dann gibt's mehrere Möglichkeiten: Entweder die Person zieht statt fünfhundert tausend Euro raus und behält fünfhundert. Oder sie versucht sich ganz einfach mit dem Geld wegzuschleichen. Oder sie gibt dir korrekt die fünfhundert, und du schnauzt sie noch mal ordentlich an, von wegen die Schnellste sei sie ja nun nicht gerade, wahrscheinlich auch nicht die Hübscheste, aber das könne dir ja zum Glück egal sein, ehe du das Geld auf dem Automaten liegenlässt und nur den Beleg einsteckst. Oder du sagst, du hast dir überlegt, du brauchst noch mal fünfhundert mehr, weil mit nur fünfhundert kommst du nicht aus am Abend, und lässt dann einen der beiden Packen liegen – und so weiter. Der Punkt ist: Die Person muss dir was stehlen.«

»Aha«, sagte Robert, »das ist aber 'n toller Trick.«

»Der kommt ja jetzt. Du hast einen Ausweis dabei, der muss sehr offiziell aussehen, Berliner Blindenverein, Sektion West, Bereichsbeamter Dingsbums, im Auftrag der Berliner Polizei, Stempel, blabla. Du bist einer von zehn Beamten, die sich in Berlin um ein blindengerechtes Miteinander bemühen – herumgehen, blind spielen, den Leuten kleine Fallen stellen, Missstände aufdecken. Klar?«

»Bin ich nicht wirklich, oder?«

»Äh... nein.«

»Okay, und dann?«

»Dann stellst du die Person, zeigst, dass du sehen kannst, und wedelst mit dem Ausweis. Oft sagen sie so was wie: So unfreundlich wie Sie waren und mich beleidigt haben, da müssen Sie sich nicht wundern. Dann antwortest du: Ach was, wenn Blinde 'n miesen Charakter haben, darf man sie also ausrauben, ja? Und so weiter, am Ende stellst du sie jedenfalls vor die Wahl: entweder Anzeige bei der Polizei, einen Prozess, Geld- oder sogar Gefängnisstrafe, öffentliche Schmach, oder...«

Robert guckte auf eine Art gespannt, als folge er irgendeiner schrägen Straßentheaterperformance, bei der er sich fragte, ob der Typ sich die Trompete wirklich in den Hintern schieben und darauf spielen würde.

Eddy fuhr im Bereichsbeamtenton fort: »... Sie nutzen die Möglichkeit, direkt und unkompliziert etwas Gutes zu tun: Hier ist der Geldautomat, fünfhundert Euro cash, die gehen direkt an die Berliner Blindenförderung – ich schreib Ihnen auch gerne eine Quittung –, und wir vergessen die Sache... Meistens sind die Leute heilfroh, zahlen zu dürfen. Entschuldigen sich für ihren furchtbaren Fehler, Blackout, Aussetzer, so was sei ihnen noch nie passiert, hätten sie gar nicht nötig, und bedanken sich, die Angelegenheit so einfach in Ordnung bringen zu können. Und schließlich gehen alle zufrieden nach Hause.«

Eddy machte eine Pause, schaute erwartungsvoll und fragte: »Und?«

Robert kratzte sich am Kopf, räusperte sich, hob die Schultern. »Ich weiß nicht... Ehrlich gesagt, das klingt ganz schön umständlich. Warum geh ich nich einfach mit 'm Messer und sag: Kohle her?«

Eddy antwortete nicht. Seine Miene erstarrte, wurde ausdruckslos, bis er den Blick von Robert abwandte und wieder aus dem Fenster in den blauen Himmel sah.

Ein Meister seines Fachs war abgetreten, und niemand würde es jemals erfahren.

»Hey, Alter... hab's nicht so gemeint... Is schon irgendwie 'ne coole Idee, aber... Das hast du irgendwo gelesen, oder?«

»Halt's Maul«, sagte Eddy und verstummte für den Rest des Tages.

Erst als der Wärter am Abend ankündigte, Eddy erhalte am nächsten Tag Besuch, kam wieder Leben in ihn. »Wer?«

»Weiß ich nicht.«

»Ein Mann oder eine Frau?«

»Tut mir leid, man hat mir nur aufgetragen, Ihnen auszurichten, dass Sie Besuch bekommen.«

Eddy war blass vor Aufregung. Sein Herz raste, seine Hände schwitzten, und über Nacht hatte er einen Pickel auf dem Kinn bekommen. Ein für die Besuchsaufsicht zuständiger Beamter führte ihn einen kahlen Flur entlang in einen ebenfalls kahlen Raum mit zwei Türen, in dem ein verkratzter Holztisch und drei Stühle standen.

»Warum kann mir keiner sagen, welches Geschlecht, geschweige denn, welchen Namen mein Besuch hat?«

»In der Zentrale könnten sie's Ihnen schon sagen, aber mich hat halt niemand informiert. Und bis ich's jetzt rauskriege, ist Ihr Besuch schon wieder gegangen.«

»Vielleicht hätte ich mich gerne ein bisschen vorbereitet.«

»Ach, so kurz wie Sie erst hier sind – drei Wochen, oder? –, da wird bei Besuchen meistens eh nur geheult, dafür müssen Sie sich nicht vorbereiten.«

»Ach so, na wenn Sie das so genau wissen…«

Eddy setzte sich auf einen der Stühle und versuchte, seinen Atem zu kontrollieren. Der Beamte blieb neben der Tür stehen und betrachtete seine Fingernägel. Wenn er sich bewegte, hörte Eddy das Gegeneinanderklicken der am Gürtel hängenden Handschellen. Nach etwa fünf Minuten ertönten Schritte hinter der zweiten Tür. Ein paar Sekunden lang wünschte Eddy sich einfach nur zurück in die Zelle.

Dann ging die Tür auf, und Arkadi trat ein. Augenblicklich schossen Eddy Tränen in die Augen.

Eddy stand auf, sie umarmten sich, und für einen Moment glaubte Eddy zu wissen: Alles wird gut. Arkadi war gekommen.

»Na, Eddy?«

»Na, Arkadi.«

Sie lächelten.

»Tja… du machst ja Sachen.«

»Tja… komm, setz dich.«

Sie setzten sich, und Arkadi nickte dem Beamten neben der Tür zu. Der Beamte nickte zurück.

»Grüße und Küsse von Lilly und den Kindern.«

»Danke.«

Sie machten eine Pause und betrachteten sich erneut.

»Der Typ ist also ausgerutscht, ja?«

»Ja.«

»Saublöd.«

»Ja.«

»Ist dein Anwalt gut?«

»Ich hoff's. Er kann gut mit der Presse. Das ist in dem Fall, glaube ich, wichtig.«

»Wenn nicht, Lilly kennt einen, bisher hab ich nur am Telefon mit ihm gesprochen, aber das klang sehr okay.«

Sie redeten noch eine Zeitlang über Anwälte, dann über Adams Fortschritte in Karate und Sallys erste kleine Liebe, bis Arkadi schließlich einen Umschlag aus der Jackentasche zog und auf den Tisch legte.

»Hier, das ist für dich. Unser Plattenvertrag. Schau ihn dir an, ob du mit den Konditionen einverstanden bist. Lillys Anwalt meinte, je nachdem wie deine Führung ist und wie der Gefängnisleiter dazu steht, könnte man versuchen, eine Genehmigung zu kriegen, um die CD hier im Gefängnis einzuspielen. Ich meine, es wird ja noch 'ne Weile dauern, bis dein Prozess stattfindet und du auf Bewährung freikommst...« Arkadi zwinkerte ihm zu. »Und vielleicht wollen wir das Ding schneller im Kasten haben. Kannst du entscheiden...«

Als der Beamte Eddy eine halbe Stunde später in die Zelle zurückbrachte, zuckte er beim Gehen mit den Achseln: »Was hab ich gesagt?«

Eddy sah das kleine weiße Päckchen sofort. Es lag auf dem Tisch neben dem Block mit dem angefangenen Brief an Romy. Robert saß auf dem Bett und spielte mit seinem Gameboy.

»Hey, Eddy, alles okay? Du, tut mir echt leid wegen gestern. Hab's schon kapiert: Wolltest mir helfen. Aber weißt du, das ist einfach nich dein Ding. Kriminell, mein ich. Is ja ganz süß, die Idee mit dem Blinden, aber das erinnert mich an die Drogenberaterin, die früher in unsere Schule kam. Weißte, was die uns vorgeschlagen hat? Statt kiffen und saufen sollten wir mal 'n tolles Buch lesen oder ins Theater gehen, das wären auch Kicks fürs Hirn. Und ich denk mal, du bist eben Jazzmusiker, das ist einfach 'ne andere Welt...«

Ohne auf Robert zu achten, hatte Eddy sorgsam den Umschlag mit dem Plattenvertrag bei seinen Sachen verstaut, ehe er langsam zum Tisch ging.

»Ach ja, das ist vorhin für dich gekommen.«

Eddys Hände zitterten, als er nach dem Päckchen griff. Er drehte es um und las den Absender: Daphne Miller, Wartenburgstraße 16a.

»Hey Alter... alles in Ordnung?«

Eddy setzte sich mit dem Päckchen auf einen Stuhl und öffnete es so vorsichtig, als sei der weiße, mit Luftblasen gepolsterte Umschlag ein besonders feines Geschenkpapier. Zuerst zog er eine kleine braune Tinkturflasche mit Pipette wie für Ohrentropfen heraus. Auf dem weißen Aufkleber stand von Hand geschrieben: *Guten Morgen*. Dann eine Postkarte mit einem Foto des Charlottenburger Schlossgartens und des Belvedere-Pavillons. Auf der Rückseite stand:

Lieber Eddy, ich glaube dir. Aber ich brauche eine Weile. Das hier hat eine befreundete Parfummeisterin für mich gemixt. Ich hoffe, es kommt dem Original einigermaßen nahe. Für die Fensterbank, wenn die Sonne scheint. Ich denke an dich, Romy.

Eddy ließ die Postkarte sinken. Robert war aufgestanden und hinter ihn getreten und legte nun zögernd die Hand auf Eddys Schulter.

»Alter...?«

Eddy schraubte langsam die Tinkturflasche auf.

»Iih, was is das denn?!« Robert verzog das Gesicht.

»Das...« Eddy war fassungslos. »...ist wahrscheinlich der wunderbarste Duft der Welt.«

»Ach ja? Also, für mich stinkt's wie Katzenpisse.«

»Wirklich?« Eddy wandte den Kopf und strahlte Robert dankbar an. »Ich war mir nicht sicher. Kenn mich damit nicht so aus. Stinkt toll!«

Das Diogenes Hörbuch zum Buch

Jakob Arjouni
Der heilige Eddy
Roman

Ungekürzte Autorenlesung

4 CD, Spieldauer 288 Min.

Jakob Arjouni
im Diogenes Verlag

Happy birthday, Türke!
Ein Kayankaya-Roman

»Privatdetektiv Kemal Kayankaya ist der deutsch-türkische Doppelgänger von Phil Marlowe, dem großen, traurigen Kollegen von der Westcoast. Nur weniger elegisch und immerhin so genial abgemalt, dass man kaum aufhören kann zu lesen, bis man endlich weiß, wer nun wen erstochen hat und warum und überhaupt. Dass *Happy birthday, Türke!* trotzdem mehr ist als ein Remake, liegt nicht nur am eindeutig hessischen Großstadtmilieu, sondern auch an den bunteren Bildern, den ganz eigenen Gedankensaltos und der Besonderheit der Geschichte. Wer nur nachschreibt, kann nicht so spannend und prall erzählen.«
Hamburger Rundschau

»Kemal Kayankaya, der zerknitterte, ständig verkaterte Held in Arjounis Romanen *Happy birthday, Türke!*, *Mehr Bier*, *Ein Mann, ein Mord* und *Kismet* ist ein würdiger Enkel der übermächtigen Großväter Philip Marlowe und Sam Spade.« *Stern, Hamburg*

Auch als Diogenes Hörbuch erschienen,
gelesen von Rufus Beck

Mehr Bier
Ein Kayankaya-Roman

Vier Mitglieder der ›Ökologischen Front‹ sind wegen Mordes an dem Vorstandsvorsitzenden der ›Rheinmainfarben-Werke‹ angeklagt. Zwar geben die vier zu, in der fraglichen Nacht einen Sprengstoffanschlag verübt zu haben, sie bestreiten aber jede Verbindung mit dem Mord. Nach Zeugenaussagen waren an dem Anschlag fünf Personen beteiligt, doch von dem fünften Mann fehlt jede Spur. Der Verteidiger der Angeklagten beauftragt den Privatdetektiv Kemal Kayankaya mit der Suche nach dem fünften Mann...

»Die Kriminalromane von Jakob Arjouni gehören mit zu dem Besten, was in den letzten Jahren in deutscher Sprache in diesem Genre geleistet wurde. Er ist ein Unterhaltungsschriftsteller und dennoch ein Stilist. Die Rede ist von einem außerordentlichen Debüt eines ungewöhnlich begabten Krimiautors: Jakob Arjouni. Verglichen wurde er bereits mit Raymond Chandler und Dashiell Hammett, den verehrungswürdigsten Autoren dieses Genres. Zu Recht. Arjouni hat Geschichten von Mord und Totschlag zu erzählen, aber auch von deren Ursachen, der Korruption durch Macht und Geld, und er tut dies knapp, amüsant und mit bösem Witz. Seine auf das Nötigste abgemagerten Sätze fassen viel von dieser schmutzigen Wirklichkeit.« *Klaus Siblewski / Neue Zürcher Zeitung*

Ein Mann, ein Mord
Ein Kayankaya-Roman

Ein neuer Fall für Kayankaya. Schauplatz Frankfurt, genauer: der Kiez mit seinen eigenen Gesetzen, die feinen Wohngegenden im Taunus, der Flughafen. Kayankaya sucht ein Mädchen aus Thailand. Sie ist in jenem gesetzlosen Raum verschwunden, in dem Flüchtlinge, die um Asyl nachsuchen, unbemerkt und ohne Spuren zu hinterlassen, leicht verschwinden können. Was Kayankaya dabei über den Weg und in die Quere läuft, von den heimlichen Herren Frankfurts über korrupte Bullen und fremdenfeindliche Beamte auf den Ausländerbehörden bis zu Parteigängern der Republikaner mit ihrer Hetze gegen alles Fremde und Andere, erzählt Arjouni klar, ohne Sentimentalität, witzig, souverän.

»Jakob Arjouni schreibt die besten Großstadtthriller seit Chandler. Ein großer, fantastischer Schriftsteller. Er ist einer, der sich mühelos über den schnöden Realismus normaler Krimiautoren hinwegsetzt, denn es zählen bei ihm nie allein Indizien, Konflikte und Fakten, sondern vielmehr sein skeptisch heiteres Menschenbild. Arjouni ist es in *Ein Mann, ein Mord* endgültig gelungen, mit seinem Privatdetektiv Kayankaya eine literarische Figur zu erschaffen, die man nie mehr vergisst.« *Maxim Biller / Tempo, Hamburg*

Auch als Diogenes Hörbuch erschienen, gelesen von Rufus Beck

Magic Hoffmann
Roman

Unlarmoyant, treffsicher und leichtfüßig zeichnet Jakob Arjouni ein Bild der Republik: ein Entwicklungsroman in der Tonlage des Road Movie. Ein Buch voller Spannung und Ironie über einen, der versucht, sich nicht unterkriegen zu lassen, nicht von diesem Land und nicht von seinen besten Freunden.

»Und alle Leser lieben Hoffmann: Jakob Arjouni schreibt einen Roman über die vereinte Hauptstadt, einen Roman über die Treue zu sich selbst, über gebrochene Versprechen, gewandelte Werte, verlorene Freundschaften und die Übermacht der Zeit. Ein literarischer Genuss: spannend, tragikomisch und voller Tempo.« *Frankfurter Allgemeine Zeitung*

Ein Freund
Geschichten

Ein Jugendfreund für sechshundert Mark, ein Killer ohne Perspektive, eine Geisel im Glück, eine Suppe für Hermann und ein Jude für Jutta, zwei Maschinengewehre und ein Granatwerfer gegen den Papst, ein letzter Plan für erste Ängste.
Geschichten von Hoffen und Bangen, Lieben und Versieben, von zweifelhaften Triumphen und zweifelsfreiem Scheitern, von grauen Ein- und verklärten

Aussichten. So ironisch wie ernst, so traurig wie heiter, so lustig wie trocken erzählt Arjouni davon, wie im Leben vieles möglich scheint und wie wenig davon klappt.

»Sechs Stories von armseligen Gewinnern und würdevollen Verlierern, windigen Studienräten und aufgeblasenen Kulturfuzzis. Typen also, wie sie mitten unter uns leben. Seite um Seite zeigt der Chronist des nicht immer witzigen deutschen Alltags, was ein Erzähler heute haben muss, um das Publikum nachdenklich zu stimmen und gleichzeitig zu unterhalten: Formulierungswitz, Einfallsreichtum, scharfe Beobachtungsgabe. Und wie der Mann Dialoge schreiben kann!«
Hajo Steinert / Focus, München

Vier Geschichten auch als
Diogenes Hörbuch erschienen:
Schwarze Serie, gelesen von Gerd Wameling

Kismet

Ein Kayankaya-Roman

Kismet beginnt mit einem Freundschaftsdienst und endet mit einem so blutigen Frankfurter Bandenkrieg, wie ihn keine deutsche Großstadt zuvor erlebt hat. Kayankaya ermittelt – nicht nach einem Mörder, sondern nach der Identität zweier Opfer. Und er gerät in den Bann einer geheimnisvollen Frau, die er in einem Videofilm gesehen hat.
Eine Geschichte von Kriegsgewinnlern und organisiertem Verbrechen, vom Unsinn des Nationalismus und vom Wahnsinn des Jugoslawienkriegs, von Heimat im besten wie im schlechtesten Sinne.

»Hier ist endlich ein Autor, der spürt, dass man sich nicht länger um das herumdrücken darf, was man gern die ›großen Themen‹ nennt. Hier genießt man den Ton, der die Geradlinigkeit, Schnoddrigkeit und den Rhythmus des Krimis in die hohe Literatur hinübergerettet hat.« *Frankfurter Allgemeine Zeitung*

Idioten. Fünf Märchen

Fünf moderne Märchen über Menschen, die sich mehr in ihren Bildern vom Leben als im Leben aufhalten, die den unberechenbaren Folgen eines Erkenntnisgewinns die gewohnte Beschränktheit vorziehen, die sich lieber blind den Kopf einrennen, als einen Blick auf sich selber zu wagen – Menschen also wie Sie und ich. Davon erzählt Arjouni lustig, schnörkellos, melancholisch, klug.

»Jakob Arjouni ist ein wirklich guter, phantasievoller Geschichtenerzähler. Ich versichere Ihnen, Sie werden staunend und vergnügt lesen.«
Elke Heidenreich / Westdeutscher Rundfunk, Köln

Hausaufgaben
Roman

War er seiner Familie, seinen Schülern nicht immer ein leuchtendes Vorbild? Und nun muss Deutschlehrer Joachim Linde »peinlichstes Privatleben« vor seinen Kollegen ausbreiten, um seine Haut zu retten. Denn alles in seinem Leben scheint die schlimmstmögliche Wendung genommen zu haben.

»Jakob Arjouni gelingt etwas ganz Außerordentliches: Sein neuer Roman kommt eigentlich recht unscheinbar daher, unterhaltsam, gut erzählt. Doch mit jedem Kapitel wird die Irritation größer. Unmerklich geht man einem meisterhaften Autor in die Falle, der heimtückkisch ein Spiel mit den Perspektiven und den vermeintlichen Fakten betreibt.«
Stefan Sprang / Stuttgarter Zeitung

Chez Max
Roman

Wir befinden uns im Jahr 2064. Die Welt ist durch einen Zaun geteilt: hier Fortschritt und Demokratie, dort

Rückschritt, Diktatur und religiöser Fanatismus. Doch das Wohlstandsreich will verteidigt sein, Prävention ist angesagt wie noch nie. Dies ist die Aufgabe der beiden Ashcroft-Männer Max Schwarzwald und Chen Wu, Partner – aber alles andere als Freunde.

»Jakob Arjouni zeigt nicht nur geschickt kriminalistische Zukunftsaspekte auf, sondern schafft es durch leichte Provokation auch, die Leser zum Hinterfragen der politischen Ereignisse zu bewegen. Ein Roman mit hohem Erinnerungswert.«
Anita Welzmüller / Süddeutsche Zeitung, München

Auch als Diogenes Hörbuch erschienen,
gelesen von Jakob Arjouni

Yadé Kara
im Diogenes Verlag

Selam Berlin
Roman

Die Geschichte Hasans, neunzehn, der mit seiner Familie jahrelang zwischen Bosporus und Spree hin- und hergependelt ist und der am Tag des Mauerfalls beschließt, Istanbul zu verlassen und ganz nach Berlin zurückzukehren. Er will mit dabei sein, wenn die große Berlin-Party steigt. Was noch keiner von ihnen weiß: Auch für Familie Kazan wird bald nichts mehr so wie früher sein.

Ein atemberaubend tragikomischer Roman voll farbigster Charaktere und Episoden aus Ost und West. Er handelt vom Erwachsenwerden, von Freundschaft, von der Suche nach der großen Liebe, von Verrat und Identität. Ein kosmopolitisches Buch, das Klischees aufzeigt und zerstört.

»Dynamisch, flippig, farbig, chaotisch. Yadé Kara hat vielleicht den Wende-Roman geschrieben, nach dem die Kritik seit langem ruft.«
Franziska Wolffheim / Brigitte, Hamburg

»Yadé Kara entlarvt deutsch-türkische Klischees mit Witz und Biss. Ein erfrischend anderer Blick auf die jüngere Geschichte – und ein tragikomischer Roman übers Erwachsenwerden.«
Uwe Baltner / Stuttgarter Nachrichten

»Es sind die ganz eigenen Berliner Geschichten aus der unbekannten Welt von nebenan, die Karas Buch so besonders machen.« *Stern, Hamburg*

Ausgezeichnet mit dem Adelbert-von-Chamisso-Förderpreis der Robert-Bosch-Stiftung.

Deutscher Bücherpreis 2004 für das beste Debüt.

Cafe Cyprus
Roman

Hasan, Türke mit Berliner Schnauze und Berliner mit Istanbuler Wendigkeit, ist im pulsierenden London der frühen Neunziger angekommen, wo längst die ganze Welt zu Hause ist, und will hier Fuß fassen. Im Cafe Cyprus bedient er alte Zyprioten, die noch immer erbittert über die Lösung des Zypernkonflikts diskutieren, verkauft mit dem Künstlerpaar Khan und Betty auf dem Portobello Market Klamotten, verliebt sich in die Modedesignstudentin Hannah, führt seine Mutter, die aus Istanbul anreist, und Cousine Leyla zu den touristischen Highlights der Stadt, philosophiert über Englishness und vergleicht das, was er erlebt, mit Berlin und Istanbul, den Städten, in denen er aufgewachsen ist. Zweifellos – in London ist alles einen Zacken schärfer und tougher.

»*Cafe Cyprus* ist ein Roman, den man kaum aus den Händen legt, weil man als Leser hineingesogen wird in dieses multikulturelle London. Yadé Kara ist es gelungen, eine Tür zu einer neuen Welt aufzustoßen.«
Literaturkritik.de, Marburg